Johanna Maria Schwidergall

Matoke, Mangos und Moskitos

Geschichten aus Uganda

Herstellung und Verlag:
BoD-Books on Demand, Norderstedt
ISBN: 978-3-7460-2435-6

Für Anni,

die auf all meinen Reisen

dabei war –

entweder persönlich

oder in Gedanken

(und für alle, die Afrika lieben)

Vorwort

Komm, folge mir!

Lass uns zusammen zu der Stelle gehen,

wo der große, uralte Mangobaum steht in seiner ganzen Pracht.

Der Mittagswind flüstert in seinen hängenden Zweigen,

an denen sich schon kleine, grüne Früchte bilden.

Durchs Geäst scheint die Sonne, was ihre Glut etwas mildert.

Sie sprenkelt mit obskuren Mustern das kurzgeschnittene Gras darunter.

Spürst du die Ruhe und den Frieden, die von diesem Platz ausgehen?

Schau, ich habe eine Matte mitgebracht.

Fleißige Frauenhände haben sie aus Bananenstroh geflochten.

Nimm Platz und entspanne dich!

Hier im Schatten des Mangobaumes will ich dir erzählen,

was ich erlebte und was ich weiß von diesem Land,

das „die Perle in Afrikas Krone ist" *(Sir Winston Churchill)*

und dessen Zauber ich verfallen bin.

Lass dich mitnehmen von meiner Stimme

und dich wiederfinden in meinen Geschichten – da, wo du gern sein möchtest.

Mach es dir bequem.

Du kannst die Augen schließen, um besser zu hören.

Wir haben viel Zeit.

Erst im Dezember werden die Mangos reif.

Erster Teil

Mutima –

mein Herz gehört Uganda

Meine ugandischen Jahre

Zurück in Uganda

Wie kann man sich nur so wohl und so zu Hause fühlen! Ich sitze hier auf der Terrasse vom Pfarrhaus in Busubizzi und lasse die ersten Stunden, die ich nun wieder hier bin, sacken, um Raum in mir zu schaffen für Neues, Interessantes und um auch mir selber nahe zu sein. Gedanken und Gefühle lasse ich kommen und gehen. Ich schöpfe daraus, um mich selbst immer mehr und immer besser erkennen zu können; um loszulassen, was nötig ist und um neue Bindungen einzugehen, die mir gut tun.

Gut tut mir bereits der Blick von hier über die Wiese bis hin zur Straße, von wo aus sich gerade eine Horde junger Mädchen nähert – ihr Ziel scheine ich zu sein. Sie wollen die Muzungu *(Weiße/Weißer)* begrüßen. Und da kommt um die Ecke „mein" Peter gerannt, den ich letztes Jahr getroffen und sofort in mein Herz geschlossen habe. Er ist ein Waisenjunge, knapp 18 Jahre alt, ganz auf sich alleine gestellt. Sein Leben meistert er sehr gut unter diesen Verhältnissen und bekommt von mir Schulgeld, damit er gut gerüstet ist für eine bessere Zukunft. Ein kurzes Gespräch mit ihm, ein Blick in seine freundlichen Augen, gestreichelt von seinem Lächeln – schon ist er wieder weg, hat kaum Zeit, da gerade Examen sind. Aber ich werde ihn wiedersehen, noch oft in den kommenden acht Wochen, da bin ich mir sicher!

Ganze Horden von Schulkindern ziehen vorbei. Wie sind sie stolz, lernen zu können! Die Zeit der Examen bedeutet für die Schüler Unterricht auch noch abends und am Wochenende. Aber wohl keiner wird darüber murren, ist er doch froh, dass er die Möglichkeit hat, am Unterricht teilzunehmen.

Es ist so friedlich hier draußen. Mittlerweile hatte ich Besuch von zwei Frauen: Teddy, die ich schon kannte, und die neue Leiterin vom College gegenüber. Sie hat einen sonderbaren Namen, den ich auch nach zweimaligem Nachfragen nicht verstanden habe. Nun lass ich es bis zum nächsten Mal.

Sie wollte zu Father Denis, der aber nicht zu Hause ist. Bei uns in Deutschland geht man dann wieder und kommt ein andermal zurück – aber nicht in Uganda! Sie war jetzt da ab 17.30 Uhr, nun ist es fast 21.00 Uhr; endlich ist sie gegangen, weil Fr. Denis immer noch nicht zurück ist. Gegessen haben wir natürlich auch noch nicht. Das wird wieder spät heute!

Eben habe ich in meinem Zimmer eine Rauchspirale angezündet. Sie soll die Moskitos fernhalten bzw. vertreiben.

Normalerweise schließen wir die Fenster ab der Dämmerung, damit wir keinen unerwünschten fliegenden Besuch bekommen. Nun steht aber bei der Rauchspirale, dass sie nur bei geöffnetem Fenster benutzt werden soll. Wo ist da die Logik? Ich locke die Moskitos durchs offene Fenster an, damit sie wieder verschwinden, wenn sie den Rauch riechen??? Naja.

Jetzt höre ich das Auto, was bedeutet, dass Denis zu Hause ist und dass es endlich mein erstes ugandisches Essen nach sieben Monaten gibt!

Rund um Pfarrhaus und Kirche

Es ist Sonntagmorgen. Um 8.00 Uhr wird ein bekannter Gospel-Chor aus Kampala in unserer armseligen Kirche singen. Da die Chormitglieder schon zeitig aufbrechen mussten, werden wir ihnen nach dem Gottesdienst ein Frühstück anbieten. Das hat Fr. Denis gestern Abend lapidar verkündet.

Nun sind es aber nicht nur ein paar Leute, die verköstigt werden wollen, sondern etwa dreißig Personen! Ich würde in Deutschland ausrasten ob dieser Gegebenheit, aber hier bleibt alles ruhig. Und das, obwohl wir geschätzt nur etwa sieben oder acht Messer und genauso viele oder so wenige Löffel haben! Kein Grund zur Aufregung, sie sollen eben das Besteck teilen, wird mir erklärt. So einfach ist das hier!

Jetzt ist fast Abend, und alles lief gut. Die Messe war sehr erbaulich, mein Lieblingslied wurde gesungen, und während des Gottesdienstes besuchte uns ein Schmetterling, was für mich eine besondere Bedeutung hat, weil es mit dem Begräbnis meines Bruders zusammenhängt.

Ich vergaß zu erzählen, dass ich heute eine männliche Begleitung zur Kirche hatte. Joseph, 5 Jahre alt, in Jeans und kariertem Hemd, wartete an der Ecke auf mich, strahlte durch alle Zahnlücken, ergriff meine Hand und führte mich zur Kirche! Sehr stolz saßen wir zusammen in der Bank, bis er während der Predigt zu seinen Eltern wechselte.

Das von mir so gefürchtete Frühstück verlief reibungslos. Jane, unsere Köchin, hatte eine Art Büffet aufgebaut mit Brot, Marmelade, Margarine und gekochten Eiern. Meine Aufgabe war, die Chormitglieder zu fragen, ob sie Kaffee oder Tee möchten und reichte das Gewünschte. Wir hatten über eine halbe Stunde ganz ordentlich zu tun, musste doch vor allem immer frisch gekochtes heißes Wasser bereit sein. Gottseidank fiel der Strom nicht aus, sodass wir den elektrischen Wasserkocher benutzen konnten. Was mir auffiel: Einige der Sänger und Sängerinnen verlangten sowohl Kaffeepulver als auch Schwarzteeblätter zusammen in eine Tasse – wie das wohl schmeckt?

Hinterher saßen wir draußen noch zusammen mit dem Chor, und ich durfte mir ein Lied wünschen. Ich wählte „Let us break bread together on our knees". Es war alles so schön, so friedlich und mein Herz ganz erfüllt.

Morgen ist Maria Himmelfahrt. Pünktlich dazu setzte heute Nachmittag der lang ersehnte Regen ein. Es soll ein gutes Omen sein, wenn es an diesem Tag den ersten Regen nach der Trockenzeit gibt.

Ich saß mit meinem Strickzeug auf der Veranda, als ich mitbekam, dass gerade die Kirche dekoriert wird für den morgigen Festtag. Deshalb bot ich an, mitzuhelfen, und durfte zwei Gestecke aus echten Blättern und künstlichen Blumen machen, dazu noch den Platz herrichten, an dem die Marienstatue nun steht. Es war nicht ganz einfach für mich, weil der ugandische Deko-Geschmack sich doch von unserem unterscheidet. Aber nun sind alle zufrieden.

Hab in der Kirche auch drei junge Studentinnen getroffen und sie gleich angeheuert, bei meinem Liedprojekt „German songs for Busubizzi" mitzumachen. Wir wollen für Anfang Oktober zwei Lieder einstudieren, und ich bin sicher, dass es klappt. „Vater, unser Vater" und „Laudato si, mi Signore" stehen auf dem Programm.

(Nachsatz, später hinzu gefügt: Es hat nicht geklappt mit den deutschen Liedern; plötzlich ließ sich niemand von den potentiellen Sängern mehr blicken. Was soll's, Versuch gescheitert – auch nicht schlimm!)

Im Village

Eine nette Geschichte, die des Erzählens wert ist: Hier im Pfarrhaus haben wir immer Reste aus der Hostienbäckerei, also die Streifen, die beim Ausstanzen der Hostien übrig sind. Die essen wir hier anstatt Keksen. Einmal hatten wir soviel, dass Fr. Denis (*Fr. ist die Abkürzung des engl. Wortes „Father", also Vater, mit dem die Priester hier angesprochen werden*) eine Dose voll zu der Nachbarfamilie gab. Deren Kinder lieben diese „Kekse"sehr. Was die Eltern den Kindern über diesen „Abfall" erzählt haben, weiß ich nicht, jedenfalls brachte der kleine Sohn die leere Dose zurück mit den Worten „The lamb of God is over!" (*Das Lamm Gottes ist alle*).

Gestern feierten wir Maria Himmelfahrt, ein hoher Feiertag hier. Ich war mit Fr. Denis in einer seiner Außenstationen, die keinen eigenen Priester hat und von Busubizzi aus mitversorgt werden muss. Der Ort heißt Kande. Die Kirche war brechend voll, Kinder, Kinder und nochmal Kinder so weit das Auge reichte; sogar hinter dem Altar saßen sie auf dem Boden, da um ihn herum kein Platz mehr war.

Ich bewundere Fr. Denis für seine frei gehaltenen Predigten, von denen ich zwar nicht viel verstehe, die aber bei den Menschen gut ankommen.

Nach der Predigt war Taufe – ich vermeide hier den Begriff „eine Taufe", da es achtzehn Täuflinge waren, die mit ihren Eltern und Paten an den Altar kamen. Die Zeremonie dauerte entsprechend lange. Hier bekommt jedes Kind bei der Taufe die „Wundertätige Medaille" umgehängt, die auch zumindest bis ins Erwachsenenalter getragen wird. Angepasst wird nur die Schnur um den Hals, die sie hält…

Während des Ablaufs der Taufen konnte ich eine junge Frau beobachten, die ihr kleines Mädchen auf dem Schoß hielt, vielleicht etwas mehr als ein Jahr alt. Sie konnte nicht aufhören, die Kleine zu küssen und zu liebkosen. Das kleine Gesichtchen strahlte vor Freude und lachte die Mutter glücklich an. Es ist hier eigentlich eher selten, dass jemand seine Zuneigung zu einem Kind so offen zeigt.

Mutterliebe – unterwegs sah ich eine hochträchtige Hündin, humpelnd, am Straßenrand im Abfall wühlend. Wo wird sie ihre Jungen zur Welt bringen? Kein geschützter Platz ist für sie vorbereitet. Wird sie genug Milch für ihren Wurf haben?

Ich habe mich mit vielen hier vertraut gemacht und kann es akzeptieren, aber an die Missachtung der Tiere werde ich mich wohl nie gewöhnen!

Verzaubert

Immer mal wieder muss ich darüber nachdenken, was für mich den Zauber dieses Landes ausmacht. Natürlich sind es inzwischen viele persönliche Begegnungen mit Menschen, die mir teils zu guten Bekannten, teils aber auch zu Freunden wurden. Diese in Uganda zu besuchen, ist für mich natürlich umso vieles einfacher als umgekehrt. Aber es ist auch noch etwas anderes, das bereits beim ersten Besuch entstand: Die Neugier, mehr über Uganda, seine Geschichte, seine Natur, seine Traditionen, kennenzulernen.

Anfangs war es hauptsächlich die Natur, die mich fesselte und beeindruckte, z. B. die grünen Hügel mit den Bananenplantagen, den Büschen und Bäumen, von denen eigentlich immer etwas in atemberaubenden Farben blüht.

Dann sind da die Geräusche der Tiere, vor allem der vielen Vögel, die schon zu hören sind, wenn die Morgendämmerung gerade ihren Schleier hebt. Die rote Erde – satt und kraftvoll sieht sie aus, als könnte sie dieses Land ohne Weiteres ernähren.

Hier gibt es viele Seen, die ich bereits kenne: Die Landschaft der Ssese Islands mit dem puderzuckerartigen Strand, der Lake Bunyonyi ganz im Südwesten mit seinen vielen Inseln, wo die ganze Gegend einen Hauch von Toskana ausstrahlt und die tiefen, blauen Kraterseen im Gebiet der Banyoro.

Es gibt die großen Teeplantagen bei Fort Portal und um den Queen Elizabeth Nationalpark herum sowie die fruchtbaren Terrassenfelder bei Kabale, eingerahmt von den Virunga-Vulkanen und den Gebirgszügen des Rwenzori-Gebirges. Dort haben die Berggorillas ihr geschütztes Zuhause.

Wie unbeschreiblich schön ist der River Nil, wenn er – von vielen Wasserfällen unterbrochen – bei Jinja den Lake Victoria verlässt und sich seinen langen Weg ins Mittelmeer sucht.

Ich kann gar nicht aufhören, über all das Schöne zu schreiben, und wieder einmal kommt mir in den Sinn, welch ein Glückspilz ich bin, dass ich dies alles mit eigenen Augen sehen kann und in diesem Land jederzeit willkommen bin!

Lieber Besuch

„Hüte das Feuer, nicht die Asche" sagt ein Sprichwort hier. Mit manchen Dingen ist es aber gerade umgekehrt: Es wird an so vielem festgehalten einfach aus Gewohnheit, um sich nicht umstellen zu müssen, weil es schon immer so und nicht anders gemacht wurde. Das hat mir anfangs große Probleme bereitet, gerade im häuslichen Bereich.

Als ich von 2008 bis 2010 in Masaka lebte, hatte ich ein Mädchen, das mir im Haushalt half. Obwohl wir einen großen Esstisch hatten, zog Natalie es vor, auf dem Boden zu bügeln. Oder einen kurzen Besen aus gebundenen Gräsern zu benutzen, bei dem sie sich ständig bücken musste. Oder mit der allseits gebräuchlichen "blauen Seife" die Wäsche und das Geschirr zu waschen, obwohl ich Waschpulver und Spülmittel bereit hatte. Nun lag es an mir, hier den richtigen Ton zu finden, damit ich nicht wie eine Weiße dastehe, die alles besser weiß und immer Recht haben will. So tat ich also die Arbeit auf meine Art, sie auf die ihre, bis sie es ganz allmählich mir nachmachte.

An vieles habe ich mich inzwischen gewöhnt. Zum Beispiel daran, dass Frauenunterwäsche immer in der hintersten Ecke des Hofes zum Trocknen aufgehängt werden muss. Kein Mann darf sie zu sehen bekommen! Aber mit unangemeldetem Besuch komme ich immer noch nicht zurecht.

Wie oft geschah und geschieht es, dass unverhofft ein Gast ankommt. Du hast dir gerade vorgenommen, auszugehen, ein Buch zu lesen, zu schlafen – was auch immer – da hämmert es ans Tor, und ein Bekannter oder Verwandter steht vor der Tür. Dieser ist mit Samthandschuhen anzufassen: wehe, du lässt durchblicken, dass du gerade in die Stadt wolltest, weil du dort eine Verabredung hast oder dringend zum Markt musst! Undenkbar zu sagen, „bitte komm ein anderes Mal wieder, ich habe etwas vor". Der Gast wird beleidigt abziehen und sich erst nach langem Bitten und Betteln gnädig bereit zeigen, die Verbindung zu dir wieder aufzunehmen!

Nun hast du also diesen Menschen (oder zwei oder fünf) vor dir sitzen. Als nächstes musst du Tee anbieten. Wenn Gott dir gnädig ist, hast du auch noch ein paar Scheiben Brot und etwas Marmelade im Schrank, welche du kredenzen kannst. (Falls du nichts zum anbieten hast, wird das in kürzester Zeit das halbe Stadtviertel wissen!)

Wundere dich nicht, wenn jemand **zuerst Marmelade** und **dann Margarine** aufs Brot schmiert, es dann zusammen klappt und genüsslich im Tee versenkt. Es darf auch geschlürft und geschmatzt werden!

Die Konversation kann sich etwas mühsam gestalten, denn vielleicht hat dein Besucher gerade den Fernseher entdeckt, den er ohne zu zögern selbst einschaltet. Zusammen mit seinem Handy, das ebenfalls rege genutzt wird, ist die Geräuschkulisse nun perfekt

Der Gast fühlt sich zu Hause, auch ohne dass du ihn nochmal extra darauf hin weist. „*feel at home*" meint es wörtlich. Und vergiss nicht, immer wieder deiner Freude darüber Ausdruck zu verleihen, wie willkommen er ist!

Ich habe mal erlebt, dass eine Bekannte nur die Toilette aufsuchen wollte und kurze Zeit später in einem meiner besten Kleider wieder strahlend im Wohnzimmer erschien. Mit dem Besuch der Toilette hatte sie gleichzeitig einen kurzen Abstecher in meinem Privatzimmer verbunden. Sie war nur mit großer Mühe zu bewegen, das Gewand nicht mitzunehmen. Zugegeben: Nicht alle Besucher sind so unverschämt.

Also, man sitzt da und plaudert, guckt ein bisschen fern, telefoniert ein wenig – nun können folgende Dinge geschehen: Wenn du Glück hast und somit noch etwas von deinem Tag retten kannst, steht der Gast so abrupt, wie er kam, auf und verabschiedet sich, weil er bereits seit einer Stunde schon ganz woanders sein sollte. Es gehört sich, dass du ihn ein Stück weit begleitest (*I give you a company*) - zumindest eine kurze Strecke - auf seinem Weg. Wenn du ihm dann noch freundlich nachgewinkt, ihm für seinen Besuch gedankt und ihn gebeten hast, recht bald wieder zu kommen, kannst du nach Hause eilen um das, was du eigentlich vor hattest zu tun, noch zu erledigen. Bist du hier angelangt, hattest du einen Glückstag.

Die etwas unglücklichere Variante wäre, dass es inzwischen schon gegen Abend ist und aus der Küche draußen verführerische Düfte herüber schweben (solltest du keine Kochhilfe haben, duftet es nicht, denn du plauderst ja gemütlich im Wohnzimmer statt zu kochen). Der Gast ist sehr gerne bereit, in diesem Fall die nächste Zeit alleine zu verbringen, damit du das Essen zubereiten kannst. Er hat ja Fernseher und sein Handy, und wenn du dein Telefon auch noch in Reichweite liegen lässt, wird er sich mit deinen Fotos und SMS beschäftigen, bis das Essen auf dem Tisch steht!

Also, es duftet gut, der Tisch wird gedeckt, der Besuch klebt fest am Stuhl. Das Essen wird aufgetragen – im Geist berechnest du, für wie viele Personen es wohl reicht – ja, und dann bittest du höflich, freundlich und lächelnd deinen Gast, doch bitte am Essen teilzunehmen, was dieser ebenso höflich, freundlich und lächelnd gerne annimmt.

Eines der Wunder, die hier täglich geschehen, ist, dass das Essen immer reicht, egal, wie viele Personen noch dazukommen. „Fünf waren geladen, acht sind gekommen. Tu Wasser in die Suppe und heiße sie willkommen". Nicht umsonst ist dies auch ein hiesiges Sprichwort.

Nach dem Essen wird der Besucher unter vielen Dankesworten das Haus verlassen – dass einer übernachtet, habe ich selten erlebt. Und er wird dafür sorgen, dass am nächsten Tag jeder in einem bestimmten Umkreis weiß, welch eine gute Gastgeberin du bist.

Endlich hast du nun Zeit, das zu tun, was du schon vor Stunden hättest tun sollen/wollen, falls du es nicht vergessen hast inzwischen. Sollte es dazu zu spät sein, geh schlafen. Morgen ist wieder ein neuer Tag. *Hakuna matata – kein Problem!*

Dem Ruf folgen

Als ich im Jahr 2000 das erste Mal in Uganda war, wurde meine Liebe zu diesem Land aufs heftigste geweckt. Dies geschah bereits am zweiten Tag, als wir einen Gottesdienst besuchten und mich die Art, wie hier der Glaube zelebriert wird, tief beeindruckte. Damals fühlte ich schon in mir eine Schwingung, ein Erinnern, einen Ruf, was mich seither nicht mehr verlassen hat und dem ich immer wieder nachgeben und somit hierher kommen muss.

Das alles mag jetzt etwas abgehoben klingen, aber ich spreche hier meine Empfindungen aus, die ich als ganz großes Geschenk betrachte.

Es war so etwa mit Ende vierzig, als ich ganz stark die Gewissheit hatte, dass sich in meinem Leben nochmals etwas sehr verändern würde. Dieses Wissen, das ich nur mit meiner Freundin teilte (die mich allerdings deswegen auslachte), gab mir die Kraft und den Mut, mein Leben neu zu überdenken, woraus schließlich Trennung und Scheidung von meinem Mann im Jahr 2004 zustande kamen. Inzwischen hatte ich Uganda ja schon besucht, dabei erste Kontakte geknüpft und gewusst: Das ist es, dieses Land will mehr von mir, seinem Ruf muss ich folgen!

Wie das Licht am Ende eines Tunnels erschien mir der Traum, in absehbarer Zeit für länger nach Uganda zu reisen in all dem Chaos, das um mich herum war.

Also arbeitete ich fest darauf hin! Ende 2008 beendete ich meine Arbeit bei der Kreissparkasse in Rottweil, um ab 1.1.2009 in vorgezogene Altersrente zu gehen.

Am 5.12.2008 flog ich mit dreizehn Koffern als Frachtgepäck und einem One-Way-Ticket nach Uganda, wo ich zwei Jahre bleiben sollte. Zuvor hatte ich meinen Hausrat und alles Überflüssige verschenkt, einige Sachen bei meinen Kindern deponiert und war frei, offen und neugierig auf Unbekanntes – mit über sechzig Jahren!

Obwohl der Anfang in Uganda ziemlich schwer war (Sprache, Kultur,

Fremdsein), habe ich den Entschluss an sich nie bereut. Nur die Umsetzung würde ich heute etwas anders planen. Immer war da dieses Echo in mir, ein Nachhall, dass hier mein „richtiger" Platz ist.

Dieses Gefühl wiederholt und verstärkt sich jedes Mal, wenn ich irgendwo in einer von Gott verlassenen Gegend die Messe mitfeiere. Die großen Kirchen liegen mir nicht; je einfacher das Gotteshaus und je ärmer die Menschen, umso mehr fühle ich mich als eine der ihren – nicht als Uganderin, sondern als eines der Kinder Gottes, die wir alle sind.

Trommeln und Gesänge lösen sowohl meine körperlichen als auch seelischen Verspannungen, sodass ich oft in dieser Gelassenheit irgendein Zeichen Gottes empfangen kann. Das macht mich glücklich und lässt meinen Glauben wachsen. Es ist eine Einheit mit mir, in mir und um mich herum, die ich nicht mehr missen möchte und von der ich mir wünsche, dass sie lange noch erhalten bleibt.

Freunde von mir, die an die Wiedergeburt glauben, versuchen, mich zu einer sogenannten „Rückführung" zu bewegen, um herauszufinden, ob ich vielleicht in einem früheren Leben schon mal in Uganda gelebt habe. Was würde mir nützen, es zu wissen? Ich spüre in mir, dass ich hierher gehöre und geführt und geleitet bin. Vielleicht ist meine Sehnsucht nach Afrika einfach der Wunsch nach einem einfachen, erfüllten Leben mit und bei Menschen, die mich lieben, achten und respektieren so wie ich bin.

Ich glaube, dieses Kapitel ist wichtig, um alle anderen Geschichten, die ich noch zu erzählen habe, besser zu verstehen und um generell nachvollziehen zu können, was eine etwas verrückte ältere Frau an einem Land findet, das auf der Armutsliste einen der vordersten Plätze einnimmt. Und ehrlich: Ich verstehe manchmal selbst nicht ganz, warum... Ich höre nur den Ruf, und diesem gehe ich nach!

Von Hexen und Heilern

Letzte Woche hatten wir Besuch von einer Gruppe Deutscher, die hier verschiedene Projekte besichtigten. Sie hatten sich auch ausgesucht, einen traditionellen Ort für Heiler anzusehen, zu dem die Leute mit ihren Leiden kommen, um sich heilen zu lassen. Ich durfte die Gruppe dorthin begleiten. Der Ort ließ mich gruseln.

In diesem Zusammenhang fiel mir wieder ein, dass viele Menschen hier – obwohl christlich – an *witchcraft*, also Hexenkunst, glauben. Ich hab selbst einige Male erlebt, dass diese wirkt – Gott sei Dank scheinen wir Weißen immun dagegen zu sein – aber es geschehen hier manchmal schon sehr seltsame Dinge.

Hier erinnere ich mich auch an eine Begebenheit, die mich damals (und auch heute noch) sehr erstaunte und nachdenklich machte. Seither weiß ich, dass manche Menschen über Heilkräfte verfügen, die sie positiv oder negativ einsetzen können.

Doch von vorne:

Mit meinem guten Freund Ben fuhren wir eines Tages vor etlichen Jahren nach Kyotera, um einen Onkel zu besuchen, der schon öfters in seinen Träumen Hinweise erhielt, die der Familie als Wegweisung dienten.

So sah er zum Beispiel nach dem Krieg 1985 im Traum den Ort, an dem sein Bruder während der Auseinandersetzungen von Soldaten verscharrt worden war. Die Familie machte sich auf in jenen Wald, den Jajja (*Großvater*) im Traum gesehen hatte. Sie fanden ein Skelett, das aber auf Grund gut erhaltener Kleidungsstücke einwandfrei zugeordnet werden konnte, genau unter dem „geträumten" Baum.

Wir besuchten also Jajja. Ich traf einen Mann mittleren Alters mit starker charismatischer Ausstrahlung, der sehr offen und liebevoll mit uns umging und keine Scheu vor Weißen hatte, obwohl er noch nie in direkten Umgang mit ihnen war.

Unweit seines Dorfes, nahe an der Grenze zu Tansania, hat die Familie ein großes Grundstück, auf dem auch die Gräber der Angehörigen zu finden sind.

Während wir dort zu Fuß unterwegs waren, setzte schlagartig sehr heftiger Regen ein. Innerhalb weniger Minuten war der Weg so glatt wie mit Schmierseife eingerieben, und wir kamen in unseren Sandalen nur äußerst mühsam voran. Mich erwischte es: Ich schlug lang hin, aber so unglücklich, dass ich wie im Spagat auf dem Boden aufkam und mich nicht mehr erheben konnte. Ich hatte das Gefühl, mein Unterleib wäre zweigeteilt. Mühsam säuberte man mich – ich selbst konnte mich so gut wie nicht mehr bewegen.

Es gelang mir nur unter den allergrößten Schmerzen, hinten im Auto Platz zu nehmen. Ben versprach mir, mich auf der Heimfahrt in ein Hospital zu bringen. Das erschien auch mir als der einzige Ausweg.

Da wir - wie gesagt - nahe der Grenze zu Tansania waren, wollte es sich meine Freundin nicht entgehen lassen, zumindest über den Grenzzaun ins andere Land zu schauen. Ich blieb währenddessen im Auto sitzen, sozusagen bewegungslos. Als die anderen wieder zum Wagen zurück kamen, forderte Jajja mich auf, von hinten auf den Beifahrersitz zu wechseln. Er selbst setzte sich hinter mich. Ich hatte es vorne zwar etwas bequemer, aber mir war übel vor Schmerzen. Wir wollten nun Jajja nach Hause bringen – etwa 40 km weit – und dann auf dem Heimweg nach Masaka ein Hospital aufsuchen. Völlig erschöpft und voller Angst, was wohl auf mich zukommen würde, schloss ich meine Augen, um etwas zu entspannen.

In meinem Kopf entwickelte sich ein ganz eigenartiger Ton, etwas wie ein gleichmäßiges Summen, das mich nach und nach etwas ruhiger werden ließ. Ich hörte die im Auto geführte Unterhaltung ganz deutlich, schlief nicht, aber so sehr ich es auch versuchte: Ich konnte meine Augen nicht öffnen! Seltsamerweise machte mir das aber keine Angst.

Im Nu – wie mir schien – waren wir wieder bei Jajjas Haus angekommen.

Wie hier so üblich, stürmten aus allen Ecken Menschen herbei, um uns zu begrüßen. Die anderen stiegen aus dem Auto aus. Ich hatte den Drang, das auch zu tun, und dachte, wenn ich es sehr, sehr vorsichtig tue, wird es mir vielleicht schon irgendwie gelingen. Inzwischen hatte jemand die Beifahrertür geöffnet, um mich aussteigen zu lassen. Und ich stieg aus, ohne Probleme, ohne Schmerzen, gerade so, als wäre nie etwas geschehen! Als Jajja mich fragte, wie es mir gehe, schaute ich in seine Augen und sah darin Güte, Wärme und ein unglaubliches Maß an Liebe. Es waren nur Sekunden, in denen sich unsere Blicke trafen. Doch da wusste ich es: Er hatte mich geheilt. Wie, wollte ich gar nicht wissen. Der Schmerz war weg, ich musste nicht ins Hospital – und hatte auch später keinerlei Beschwerden mehr in diesem Bereich.

Derselbe Jajja kam ein Jahr später, als Bens Vater (Jajjas Bruder) gestorben war, 70 km mit dem Taxi von Kyotera nach Masaka, um der trauernden Familie eine Botschaft des Verstorbenen zu übermitteln. Jajja selbst konnte nicht zur Beerdigung kommen, aber er kannte Details davon, die ihm im Traum gezeigt wurden. So konnte er die Nachricht seines toten Bruders an dessen Familie übermitteln, damit sie getröstet war.

Ich kann diese Begebenheiten mit dem Verstand nicht begründen, aber ich weiß, dass es Menschen gibt – gerade in einer ursprünglichen Umgebung, - denen es gegeben ist, anderen Menschen wohl zu tun und sie zu heilen – genauso wie es mir geschah. Und deshalb leuchtet es mir auch ein, dass es eben auch „negative Kräfte" geben kann, die zum Beispiel aus Neid oder Eifersucht entstehen und anderen Menschen großen Schaden zufügen können.

Mutebis family

Nun wird es Zeit, dass ich von einer ganz außergewöhnlichen Begegnung mit einem ebenso außergewöhnlichen Mann und einer daraus entstandenen, sehr tiefen Freundschaft berichte. In diesem Buch wird immer wieder von Ben die Rede sein. Er war mein „Türöffner" für Uganda.

Wie ich schon sagte, war im Februar 2000 meine erste Reise hierher, nur zwei Wochen, um die KAB-Arbeit (*Katholische Arbeitnehmer-Bewegung*) der Diözese Rottenburg-Stuttgart in Masaka kennen zu lernen. Tausend Eindrücke, ebenso viele freundliche Begegnungen, aber auch Ängste prägten diese kurze Zeit.

Am Abend vor dem Rückflug saßen wir noch gemütlich vor unserem Gästehaus, zusammen mit allen, die gerade dort zu tun hatten oder des Wegs kamen. Dazu gesellte sich kurz ein junger Mann, der sich mir vorstellte „*my name is Bernard*". Meine Antwort darauf: „*So heißt mein Sohn!*"

Wir wurden davor gewarnt, dass wir sehr wahrscheinlich viele „Bettelbriefe"nach unserer Rückkehr erhalten würden (e-mail war damals für Uganda undenkbar). Uns wurde geraten, diese Briefe zu ignorieren, weil es ja nicht machbar ist, allen Bittstellern zu helfen.

Ich bekam nur einen einzigen Brief. Es war ein Dankesbrief dafür, dass ich Uganda besucht habe. Und er war von Bernard. So fing alles an.

Von nun an schrieben wir uns regelmäßig, der zwanzigjährige Ugander und ich wurden Brieffreunde. Inzwischen hatte ich auch ein großes Paket an seine Familie geschickt, wofür sie sehr dankbar war.

Bernard hatte etwas später das Glück, für zehn Monate ein Praktikum in England machen zu können. Von dort aus besuchte er mich und meine Familie das erste Mal an Weihnachten 2002 in unserem Heim. Wir alle fanden großen Gefallen an diesem freundlichen, herzlichen und offenen jungen Mann, der unser Weihnachten erst richtig schön werden ließ.

Bereits im August 2003 kam Bernard wieder für drei Monate zu uns, um in dieser Zeit einen Sprachkurs an der Uni Freiburg zu absolvieren, welchen er auch gut bestand.

Mein nächster Besuch in Uganda war 2004. Durch die kleine Hilfestellung, die ich der Familie Mutebi bisher gegeben hatte und dafür, dass ihr Sohn das Jahr zuvor diese drei Monate in meiner Familie verbringen durfte, wurde ich in einer großartigen Zeremonie in die Familie Mutebi aufgenommen als „neue" große Tochter, denn die tatsächlichen großen Töchter sind schon einige Jahre tot. Ich bekam an diesem Tag den traditionellen *Gomez*, eine Art Tracht, die hier von den Frauen getragen wird, ich trug Wasser auf dem Kopf von Fluss nach Hause und ich kniete vor meinen „Eltern", um ihnen Ehre, Achtung und Respekt zu zollen. Außerdem   bekam ich einen neuen Namen: NNANKYA *(gesprochen Nantscha).* Dies alles war eine sehr große Ehre für mich. Mutebi's family gehört dem Mmamba-Clan an, und daher stammt dieser Name (hierüber werde ich später noch ausführlicher schreiben).

Man überreichte mir eine Urkunde, die von allen Familienangehörigen unterzeichnet war, und seither gehöre ich dazu, mit allen Rechten und Pflichten einer Tochter. Leider verstarb mein ugandischer Papa schon 2006, und von den damals noch anwesenden fünf Kindern der Familie sind inzwischen leider nur noch zwei am Leben, Bernard und Hellen.

Aufgrund seines erfolgreichen Sprachkurses an der Uni Freiburg bekam Bernard die Zulassung zu einem Studium. Das war unvorhersehbar und finanziell absolut unmöglich für mich! Außerdem steckte ich gerade ganz tief in meiner Trennungsphase, musste für mich und meine bei uns lebende Mutter eine neue Wohnung suchen – und dennoch – durch verschiedene Wunder, die geschahen, durch unendliches Vertrauen in Gott und seine Hilfe konnte Ben, wie er sich jetzt nannte, im Sommersemester 2004 an der Uni Freiburg beginnen mit dem Studium „Deutsch als fremde Sprache". Nach erfolgreichem

Abschluss wechselte er zur Kath. Fachhochschule und begann Soziale Arbeit/Sozialpädagogik zu studieren. Sein ganzes Studium belegte er in Deutsch, nur die Diplomarbeit schrieb er in Englisch.

Es waren sowohl für ihn als auch für mich sehr harte vier Jahre, um über die Runden zu kommen. Ich war voll verantwortlich für ihn, jemand anderen kannte er hier nicht. Mit Jobs neben dem Studium, mit mehreren Putzstellen neben meiner Hauptbeschäftigung und mit Hilfe einiger Freunde schafften wir es aber. Ben konnte im Sommer 2008 sein Studium mit dem Diplom und der Note 1,3 erfolgreich beenden.

Er ging daraufhin zurück nach Uganda, wo er Arbeit fand bei CWM (*Catholic workers movement*) und für die kirchliche Jugendarbeit verantwortlich ist. Ich folgte – wie schon beschrieben – Ende 2008 nach, denn inzwischen war ich frei von allen Verpflichtungen und konnte nochmals durchstarten – mit meiner neuen ugandischen Familie in Uganda. Ich hatte inzwischen eine solche Liebe für dieses Land entwickelt und auch durch Ben so viel darüber gelernt, dass ich es einfach ausprobieren musste und dort bis zum Ende meines Lebens auch bleiben wollte. Leider bekam ich im zweiten Jahr meines Aufenthaltes innerhalb von vier Monaten dreimal Malaria, sodass mich meine Kinder nach Deutschland „zurückpfiffen".

So ging ich Ende 2010 zurück. Ich hatte keine Wohnung, keine Möbel, aber gerade diese Tatsache gab mir die Freiheit, überall neu anfangen zu können. Zurück in meinen Geburtsort Gutach startete ich neu durch. Seit damals habe ich folgendes Lebensmotto;

Wirf dein Herz über den Fluss und dann schwimm hinterher

und

Wenn die Sehnsucht größer ist als die Angst, wird Mut geboren.

Hier, im Ort meiner Kindheit, bin ich nun recht zufrieden, aber nur, weil ich weiß, dass ich jederzeit und immer wieder nach Uganda fliegen kann, solange mein Geldbeutel und meine Gesundheit es erlauben.

Der Spagat „mit den Füßen im Schwarzwald, mit dem Herzen in Uganda"gelingt mir also sehr gut, solange, bis die Sehnsucht zu groß wird und ich wieder den Ruf höre. Dann flieg ich aufs Neue los, inzwischen schon mehr als dreißigmal hin und zurück. Gerade bin ich wieder in Afrika, in meinem geliebten Busubizzi, und ich denke noch nicht an den Rückflug, denn der ist erst Mitte Oktober, und wir haben nun gerade mal Ende August ...

Was aus Ben geworden ist? Er besucht regelmäßig Deutschland und arbeitet immer noch für CWM, inzwischen als Jugendreferent, zuständig für ganz Uganda.

Außerdem hat er nun auch nach langem Suchen die richtige Frau gefunden, Juliet. Und nächste Woche fahre ich zu den beiden nach Masaka, um ihr Baby in Empfang zu nehmen, das Mitte September auf die Welt kommen wird!

Ja, meine ugandische Familie wächst wieder nach all den Verlusten, die sie in den letzten Jahren erlitten hat. Ich bin immer noch sehr stolz, ein Teil von ihr zu sein und dazu zu gehören - zu den Mutebis aus Nakayiba in Masaka.

Kinder, Kinder – wohin man schaut

Zuerst sieht man immer die Augen: groß, erschrocken, frech, keck, traurig – viele Umschreibungen gibt es für diese Fenster in eine Kinderseele. Gerne werden sie als Blickfang auf einem Hinweiszettel verwendet, der um Spenden bittet – und das ist so gewollt, denn Kinderaugen kann kaum jemand widerstehen. Ein Land voller Kinder, so könnte man es hier auf den Nenner bringen. Ca. 70 % der ugandischen Bevölkerung ist unter 35 Jahre alt. Jede Frau in Uganda bringt durchschnittlich 5,9 Kinder zur Welt. 59 von 1.000 Kindern sterben, bevor sie ein Jahr alt sind.

Geburtenkontrolle wird sogar von den Kirchen empfohlen; natürliche Verhütung unter Berücksichtigung der fruchtbaren Tage, Kondome sind ebenfalls nicht mehr verboten und somit nicht tabu – aber sie werden kaum benützt. Alle Bildung und alles Erlebte in der eigenen Kindheit scheint unterzugehen in der alten, heute falschen Weisheit, dass viele Kinder finanzielle Sicherheit der Eltern im Alter bedeuten. Aber wie können die Kinder den Eltern helfen, wenn sie keinen Job haben? Wenn sie jung sterben und selbst wieder Kinder hinterlassen, die dann von den Großeltern aufgezogen werden müssen? Warum wollen junge, scheinbar emanzipierte und gebildete Frauen mit Anfang zwanzig unbedingt ein Kind? Warum setzen soviele Männer mit verschiedenen Frauen Kinder in die Welt und sorgen dann nicht für sie? Ruf der Natur? Ich habe bis jetzt keine Antwort gefunden. Ich sehe nur Horden von Kindern, die so gerne in die Schule gehen möchten, und deren Eltern das Schulgeld nicht bezahlen können. Es gibt die staatliche Schulpflicht und somit auch Schulen, für die man nichts oder nur sehr wenig bezahlen muss, aber diese Schulen sind überwiegend sehr schlecht: Keine richtige Ausstattung, nicht genug Bücher, unmotivierte Lehrer, die monatelang auf ihren Lohn warten müssen. Hier haben die Privatschulen ihren Platz gefunden, meist unter kirchlicher Leitung. Sie versprechen (und halten auch) bessere Bildung für eine hoffnungsvolle Zukunft. Natürlich bei entsprechender Bezahlung. Es vergeht keine meiner Reisen, bei der ich nicht um Schulgeld angegangen werde. Leider nutzt es wenig, nur für eine Term (4 Monate) zu bezahlen. Denn bleibt das Geld aus, muss das Kind die Schule verlassen. Man verpflichtet sich praktisch, die Kosten für mehrere Jahre zu übernehmen,, sonst nutzt es nichts. Andererseits: Ich habe Taxifahrer mit Abitur getroffen, Obsthändler ebenso, die trotz abgeschlossener Schule keine entsprechende Arbeit finden. Es ist das System, das nicht funktioniert.

Eine weit verbreitete Kindheit in Uganda: Ohne viel Liebe gezeugt, unerwünscht geboren, abgeschoben in ein Village zu den Großeltern. Aufwachsen im Familienverbund, so nebenbei praktisch. Manchmal schon mit drei, vier Jahren in einer *boarding-school* (Internat) untergebracht mit einem halben Tag Besuchsrecht der Eltern pro Term. Heimkommen in den Ferien, Wasser schleppen, Feld- und Hausarbeit ... viel zu früh in der Verantwortung für Geschwister oder irgendeine Arbeit.

Richtig gut hat es ein Kind eigentlich nur als Baby. Da wird es vorgeführt, man gibt mit ihm an, kauft ihm nur die schönsten Kleider (so man kann). Je mehr es wächst, umso weniger kümmert man sich intensiv um es. Ich habe selbst erlebt, dass ein Vierjähriges, das auf meinem Schoß saß und mit mir schmuste, aufgefordert wurde, von dort runter zu gehen, weil es dafür schon zu groß sei.

Kinder werden hin und her geschubst: hol dies, bring das, mach jenes. Besonders Waisenkinder, die notgedrungen vom Familienverbund wieder aufgenommen werden mussten, haben es schwer. Sie haben dankbar zu sein, und aus dieser Dankbarkeit müssen sie alle Dinge tun, die ihnen aufgetragen werden, und zwar ohne zu murren.

Wer einmal als Muzungu *(afrik. Name für Weiße)* ein Kind an seiner Hand oder auf seinem Arm hatte, wird gespürt haben, welcher Bedarf an Nähe, Zärtlichkeit und Liebe vorhanden ist.

Was ich hier schreibe, betrifft natürlich nicht alle ugandischen Familien Es gibt reiche Familien und viele Eltern, die an allen Ecken und Enden sparen, um die Kinder in eine Elite-Schule schicken zu können.

Aber natürlich betrifft es die Unter- und einen Teil der Mittelschicht.Ganz erschreckend fand ich am Anfang meiner Zeit hier, dass mir junge Leute gesagt haben, sie wollen sieben oder acht Kinder haben, falls zwei oder drei davon sterben... Dieser Gedanke ist für uns absurd, hier aber durchaus normal.

In Bens Familie, wo ich gerade verweile, warten wir mit Sehnsucht auf seine kleine Tochter, die in den nächsten drei Wochen geboren werden wird.

Ich liebe es, Juliet, die werdende Mama, anzusehen in ihrer prallen Schwangerschaft, voll in der Entwicklung zur Mutter. Den dicken Bauch vor sich herschiebend, sitzt sie mit gestreckten Beinen auf einer Matte, ihren Leib streichelnd und ihr Baby fühlend. Ich kenne nicht alle ihre Gedanken, aber ich sehe die Zufriedenheit über ihren Zustand in all ihren Gesten. Sie liebt die Kleine, die bald ihre bisherige „Wohnung"aufgibt, um uns zu beglücken. Sie wird für ihr Kind da sein, sie wird es schützen und behüten, weil sie selbst eine geschützte Kindheit hatte und auch finanziell besser gestellt ist als viele andere Frauen. Deshalb weiß sie, was ihre Tochter braucht. Ich muss mir um dieses Baby keine Sorgen machen. In Liebe gezeugt und ausgetragen, wird es auch in Liebe aufwachsen. Ich freue mich auf dich, du Geschenk Gottes, und ich werde in der Nähe sein, wenn du als mein „ugandisches Enkelkind" diese Welt betrittst. Dafür bin ich dankbar und stelle alle anderen Kinder, denen ich begegne, unter den Schutz Gottes. Viel mehr kann ich nicht tun, leider.

Vom Tod

Ich weiß nicht, ob ich mich je daran gewöhnen werde: Einkaufen in der Stadt, Shop an Shop – Taschen, Schuhe, Kosmetik, Lebensmittel, nochmals Schuhe, Werkzeuge, Möbel und SÄRGE. Braune, schwarze, vereinzelt weiße, kleine, große. Sie stehen am Straßenrand zum Verkauf. Man geht an ihnen vorbei, sieht sie und geht weiter. Meist ist es auch bei mir so. Nur wenn ich ein bodda-bodda *(Moped-Taxi)* sehe mit einem Kindersarg hinten drauf oder einen Mann, der einen kleinen Sarg unterm Arm nach Hause trägt, werde ich traurig.

Gestorben wird überall, natürlich. Aber hier ist man näher dran sozusagen. Heute gestorben, morgen um 12.00 Uhr begraben – so schnell muss es gehen. Das macht das Sterben irgendwie intensiver, man ist mehr betroffen. „Mitten im Leben sind wir vom Tod umgeben" – wie wahr!

Wenn die Nachricht vom Tod eines geliebten Menschen eintrifft, fangen die Frauen an zu schreien in einem Ton, der den Atem stocken lässt bei allen, die ihn hören. Ich habe es hautnah erlebt beim überraschenden Tod von Charles, Bens Bruder, der eigentlich nach der Genesung von einer Hirnhautentzündung das Hospital hätte verlassen dürfen und ganz plötzlich verstarb, zwei kleine Töchter zurücklassend. Das Schreien seiner Schwester werde ich nie vergessen. Haare raufend lief sie über das Grundstück, schrille Töne ausstoßend.

Zum ersten Mal hörte ich es allerdings in Deutschland. Ben war im dritten oder vierten Semester, hatte gerade Ferien an der Uni und arbeitete in einer Fabrik.

Ich war ebenfalls bei der Arbeit. Ben rief von seinem Arbeitsplatz aus an bei mir und erzählte, seine Schwester habe ihm telefonisch mitgeteilt, dass der Vater krank sei. Ich schlug vor, späer von daheim aus in Uganda anzurufen, um zu erfahren, wie die Lage wäre.

Als ich mich in der Mittagspause dem Haus, in dem wir wohnten, näherte, hörte ich ein dumpfes Heulen, das ich nicht zuordnen konnte. Je höher ich die Treppe stieg, desto intensiver wurde es. Beim Betreten der Wohnung fand ich Ben kauernd, den Kopf auf den Boden schlagend. „Mein Papa ist gestorben, mein Papa ist gestorben!" rief er ununterbrochen. Völlig fassungslos und verstört ließ er sich nur schwer beruhigen. Als es ihm später etwas besser ging, organisierte er von Deutschland aus per Telefon die Beerdigung. Er hat nie verwunden, dass er nicht zu Hause sein konnte, als sein Vater beigesetzt wurde. Immer verbunden mit diesem Erlebnis ist das „Ave verum" von Mozart, das an diesem Tag nahezu ununterbrochen aus Bens Zimmer erklang...

Ja, es gibt viel zu organisieren in der kurzen Zeit bis zur Beerdigung. Ein Arzt stellt den Tod fest, der Sarg muss gekauft werden, der Verstorbene wird hergerichtet und im Wohnzimmer aufgebahrt. Auf dem Land ist es so, dass draußen vor dem Haus ein Feuer angezündet wird, das signalisiert, hier ist ein Ort der Trauer. Die regionale Radiostation wird benachrichtigt, damit über den Äther bekannt gegeben wird, wer gestorben ist und wann und wo die Beisetzung stattfindet. Normalerweise ist diese am Tag nach dem Tod.

Dann kommen Verwandte und Freunde, um die Nacht mit und neben dem Verstorbenen zu verbringen, was auch Verköstigung für die Besucher bedeutet. Nachbarinnen kochen in der Bananenplantage rund ums Haus. So wird es auch einen Tag später bei der Beisetzung sein. Alle sind ziemlich konfus, denn alles kostet Geld, was meist nicht vorhanden ist.

Am Tag der Beerdigung wird alles vorbereitet für den Gottesdienst, welcher am Haus des oder der Verstorbenen stattfindet. Zeltverleiher liefern die Zelte und Stühle für die Trauergäste. Sehr oft gestalten mehrere Priester das Requiem, je nachdem, wie beliebt der Tote war und welche Funktion er z. B. in der Pfarrgemeinde hatte. Nach der Messe werden Nachrufe gehalten und Trauerkarten verlesen, der Sarg, der ein Glasfenster hat, welches anfangs noch offen ist, steht direkt am Altar (wofür meist der Wohnzimmertisch dient).

Dann begeben sich alle zum Grab, meist direkt hinterm Haus, oder aber der Sarg wird auf einen Pick-up oder LKW verladen und zu dem der Familie gehörenden Stück Land gebracht, das als Friedhof dient. Öffentliche Friedhöfe wie bei uns gibt es nicht, zumindest nicht in der Gegend, in der ich mich immer aufhalte. Das Grab ist auszementiert und wird nach der Zeremonie auch mit einem Zement-Deckel verschlossen.

Nach der Beisetzung beginnt die Zeit der Trauer, denn vorher ist praktisch keine Zeit dafür, man wird überrumpelt. Diese Trauerzeit ist sozusagen wie ein Ausnahmezustand für die Familie. Dass das Leben „ruht", wäre zu viel gesagt, aber es läuft auf Sparflamme und zwar solange, bis mit dem „last funeral rite" ((*frei übersetzt „letzte Ehrerbietung")* die Zeit der Trauer endet. Wenn ein alter Mensch gestorben ist, hat er seine Erben und auch die Dauer der Trauerzeit festgelegt, falls nicht, bestimmt ihn die Familie. Das last funeral besteht in der Regel aus einer Messe, wieder am Haus des Verstorbenen, in deren Verlauf der Erbe bestimmt wird nach alter Baganda-Tradition. Mit dem Erbe ist nicht so sehr das Vermögen oder Land gemeint, das hinterlassen wird, sondern vielmehr die Person, die den Platz des Toten im Familienverbund einnehmen soll. Dies geschieht unter Einhaltung verschiedener Bräuche, die von Generation zu Generation weitergegeben werden und die selbst mir noch, die ich schon oft daran teilgenommen habe, fremd sind und wohl auch bleiben.

Der Tag endet mit gemeinsamem Essen und Trinken und Geschichten über den Verstorbenen. Nach Ende dieses Festes ist das Trauern vorbei, und es darf wieder geheiratet und getauft werden!

Oftmals ist es so, dass zehn Jahre oder noch länger nach dem Tod erneut des Todestages gedacht wird in Form eines Gedenkgottesdienstes.

Niemals werden die toten Angehörigen vergessen. Im Gegenteil: Die Ahnen werden hinzugezogen, wenn es um wichtige Entscheidungen geht. Man tropft etwas Bier auf den Boden vor einem Fest oder Beisammensein, um ihnen zu opfern und sie einzuladen, dabei zu sein. Es gibt viele Rituale, durch die die Vorausgegangenen Einfluss haben auf die Lebenden und diesen bei ihren Entscheidungen für die Familie helfen. Ich kenne diese Rituale nicht und will sie auch nicht wissen. Dieser Ahnenkult ist alleine die Welt meiner ugandischen Freunde; hier gehöre ich nicht dazu. Aber ich spüre, dass stimmt, was Livingstone einst formuliert hat: *„Niemand stirbt in Afrika. Die Toten kommen immer als Geister zurück."*

Was mich das Leben hier gelehrt hat ist, dass der Tod kein Tabu sein soll, weil er immer präsent ist, auch bei uns. Wir haben dieses Wissen nur verdrängt. Einen etwas anderen Umgang mit dem unausweichlichen Gesellen Gevatter Tod würde ich mir auch für mein Heimatland wünschen.

Von Feiern und Festen

Jeder Anlass kann Grund für ein Fest sein: Taufen, Graduation-, Ehe-, Priester- und Schwestern-Jubiläen, der Tag, bevor jemand nach Rom fliegt und der Tag seiner Rückkehr, Hochzeiten – niemand wird ohne ernsten Grund einem Fest fernbleiben, bedeutet es doch essen, trinken, reden. Ich werde dem Thema Hochzeit ein extra Kapitel widmen, es ist es wert!

Alle Feste beginnen mit einem Gottesdienst (Priesterzahl ohne Limit nach oben) am Haus des Geschehens.

Beim Zelt- und Stühleverleiher wurde entsprechend geordert, alles ist aufgebaut.

Nehmen wir mal an, es ist ein Tag, an dem es nicht regnet, das macht vieles angenehmer. Vor allem müssen dann die Priester am Altar keine Gummistiefel tragen!

Als Altar dient meist der schön geschmückte Wohnzimmertisch, der den Mittelpunkt sowohl des kirchlichen als später auch des weltlichen Geschehens bildet.

Nehmen wir außerdem an, die Zeremonie soll samstags um 10.00 Uhr beginnen. Das ist ein guter Tag, weil man nicht unbedingt arbeiten muss, und so kann man locker schon um 10.30 Uhr (!) dort sein, um auf den Hauptzelebranten der Priester zu warten, der noch irgendwo feststeckt, aber genau weiß, dass ohne ihn nicht begonnen wird. Garnicht so selten ist dies der Bischof persönlich.

Langsam trudeln die Besucher ein. Ist in jemandes Gefolge vielleicht eine Muzungu (also sowas wie ich), wird diese äußerst liebenswürdig empfangen und wenn schon nicht direkt an den Altar, so doch zumindest in die erste Reihe dahinter verfrachtet. Manchmal – wenn man noch etwas hilflos ist im Umgang mit Weißen – setzt man sie einfach zu den immer zahlreich vorhandenen Ordensschwestern, bei denen sie gut aufgehoben ist. Diese freundlichen *women of God* kümmern sich immer rührend um mich. Vor allem, wenn ich traditionell ugandisch gekleidet bin, gibt es immer etwas zu zupfen und zu zerren und zu loben.

Doch wenden wir uns nun dem weiteren Geschehen zu und nehmen wir an, wir sind beim Silberjubiläum einer Ordensfrau eingeladen.

Aufteilung meist so: Im Hauptzelt der Altar mit den Priestern, der Jubilarin und einer Horde verschiedenfarbig angezogener Schwesternschaft, die nicht nur von der eigenen Kongregation kommt, sondern auch von befreundeten Orden. Zweites großes Zelt: Verwandtschaft von überall her; sollte es noch Eltern geben, haben diese den Ehrenplatz dort. Weiteres Zelt: Die Honoratioren der Umgebung, der Bürgermeister, eventuell Mitglieder des Parlaments, örtliche Prominenz halt.

Die Herren erscheinen oft im *Kanzu*. Das ist ein traditionelles Gewand für Männer und besteht aus einem bis zu den Füßen reichenden weißen Hemd, über dem ein Jackett getragen wird. Und die Damen hatten mal wieder Gelegenheit, einen weiteren neuen *Gomez* anzuschaffen. Das ist ein langes Kleid, auf nur einen Knopf zu schließen, mit ganz spitz nach oben zulaufenden Schulterecken, gehalten von einer Schärpe. Modern sind momentan Gomezis aus dunkelblauem Samt mit kiloweise aufgeklebten großen Glitzersteinen. Ich krieg schon Schweißausbrüche vom Hinschauen! Auch neue falsche Haare kriegt man zu sehen, es wird kaum eine Uganderin geben, ob jung oder alt, die nicht einige Perücken in verschieden Formen und Farben ihr Eigen nennt. (Wie schön, dass ich von meinem Platz aus so gute Sicht auf das Geschehen habe!). Und erst die Handtaschen in allen Farben und Größen, in manche würde ein Baby passen. Und Schuhe!!! Wenn Gott uns einen trockenen Tag geschenkt hat, stöckeln sie daher auf atemberaubenden Absätzen, trendy ist grad gold- und silberfarben. Es macht solchen Spaß, dies alles in Ruhe anzuschauen!

Nun fehlen noch zwei Zelte in der Aufzählung, das für den Chor – von je weiter weg er kommt, umso besser singt er anscheinend – und das etwas mickriger aussehende Zelt für das einfache Volk *(people)*, also die

Nachbarn, weitere Verwandte und all die Gäste, die nur eben mal vorbeikommen und gratulieren wollen und der Einfachheit halber dann gleich zum Essen bleiben. Es soll Leute geben, die auch ganz gern zu zwei Festivitäten gehen, wenn sie nicht zu weit voneinander entfernt liegen.

Die Priesterschaft zieht ein in einer Prozession, unter fünf geht gar nichts, vorneweg der Chor, der schon mal Hände klatschend Stimmung verbreitet mit seinem ersten Song.

Die Messe beginnt, alles läuft gut getreu dem Ritus, dann: PREDIGT! Ein schlechter Priester, der in solcher Situation nicht sein Bestes gibt! Es gibt die sanften Säusler, die normal Sprechenden und die Schreier. Diese haben zu viel TV geschaut mit amerikanischen Sektenpredigern und eifern diesen nach in Mimik, Gestik und Geschrei. Ab und zu ein donnerndes „Halleluja" lässt die unter den Gästen zusammen zucken, die schon eingeduselt waren. Inzwischen weiß auch ich, wie man möglichst unauffällig die Augen schließt und so tut, als lese man dem Prediger jedes Wort von den Lippen ab. Große Meister in dieser Disziplin sind die anwesenden Priester, die ihrem Kollegen anscheinend sehr gespannt zuhören!!!

Ich lüge nicht: Unter einer halben Stunde endet keine Predigt, eher dauert sie vierzig Minuten, hat man Pech, auch noch etwas länger. Das Fatale für mich daran ist, dass ich zwar die Laute der hiesigen Sprache *(luganda)* liebe, sie aber keinesfalls verstehe.

Der Rest der Messe läuft normal ab bis zu dem Moment, an dem der Priester eigentlich den Schlusssegen erteilen soll. Nun kommt nämlich das Fiese: Die ersten Redner haben ihren Auftritt, und den Segen des Priesters gibt es erst, wenn die Sprecher fertig sind. Also alle wieder hinsetzen!

Ich hab mal gesagt, man solle einem *Baganda* (hier ansässiger Stamm, die Intellektuellen Ugandas anscheinend) kein Mikrofon in die Hand geben; er wird es nicht mehr loslassen, höchstens in die Hand des nächsten Sprechers übergeben.

Also, Begrüßung allgemein, Begrüßung im Besonderen, Begrüßung der anwesenden Muzungu (aufstehen meinerseits, winken, lächeln), Begrüßung der Jubilarin, des Chores, der einzelnen Priester – alle Leute freuen sich und klatschen in die Hände. Bla bla bla mit einigen Lachern, die ich natürlich nicht teilen kann, thank you, webale nnyo, webale de dalla. Aus. Ende.

Denkste. Der Sprecher reicht das Mikro weiter. Eigentlich will Nummer zwei gar nicht viel sagen, sagt er, weil Nummer eins ja schon alles gesagt hat, aber auch er wolle natürlich nicht versäumen bla bla bla - siehe oben.

Schweißbäche fließen in Taschentücher. Ich hab mein mitgenommenes Wasser inzwischen ausgetrunken und lechze nach mehr – da: Applaus, Nummer zwei ist fertig. Ich will es jetzt nicht übertreiben, aber es kann durchaus auch noch eine Nummer drei geben, die neben Wiederholungen nicht viel Neues zu verkünden hat. Endlich gibt der Redner das Mikro ab, alle erheben sich. Segen. Ite missa est. Deo gratias.

Umkleiden der Priester, „entweihen" des Altars zu einem Tisch, auf dem plötzlich Getränke stehen, verführerischer Essensduft wabert durch die Luft. Der Catering-Service hat seit dem Morgengrauen im umliegenden Bananenhain seinem Namen alle Ehre gemacht und baut nun das Büffet auf bzw. es wird aufgefordert, sich in Reihen an die Plätze zu begeben, wo die Büffets aufgebaut sind.

Alles um mich herum erhebt sich – Hunger verschont auch nicht die Geistlichkeit! - während ich bescheiden sitzen bleibe, um mich später hinten anzustellen, obwohl ich schon weiß, was jetzt passiert: Entweder Fr. Denis, mit dem ich hier bin, ein weibliches Wesen mit wehendem Nonnenschleier oder ein Gesandter von Fr. Denis tritt auf mich zu und fordert mich sehr höflich auf, mich ihm anzuschließen, er oder sie bringt mich – meist an den anderen vorbei, die das aber lächelnd akzeptieren und mir oft noch einen Schubs in Richtung des Büffets geben - direkt dort hin.

Hier staune ich über die übervollen Teller, die alle vor sich hertragen, während die anderen über meinen staunen, auf dem eben nur soviel liegt, wie ich auch essen kann.

Jeder geht mit Tablett, gefülltem Teller und Getränk an seinen Platz zurück. Gemütlich ist es nicht, das Tablett auf dem Schoß zu balancieren, aber es geht.

Während sich das Essen setzt, schaue ich umher. Fleißige Hände haben inzwischen einen schön gedeckten Tisch in die Nähe der Jubilarin getragen, auf der kurze Zeit später unter Klatschen und vielem Ah! und Oh! ein riesiger Kuchen platziert wird, meist dreistöckig, wie eine Hochzeitstorte, weiß überzogen und – aus gegebenem Anlass – mit einer kleinen Muttergottes-Statue gekrönt.

Anfangs dachte ich: Warum schmilzt die Sahne nicht bei dieser Hitze? Nun als Insider weiß ich inzwischen, dass es ein trockener (sehr, sehr trockener!) Rührkuchen ist, der zentimeterdick (!) mit *Ice sugar*, also Puderzucker, überzogen ist. Der Kuchen wird brutal in kleine Häppchen zerschlagen und dann zum Kosten auf Tellern herumgereicht. Widerlich süß für unseren Geschmack, aber es gehört halt dazu.

Die Priester hinterm Altar, der jetzt wieder ein gewöhnlicher Stubentisch ist, trinken Bier, letztens gab es noch zusätzlich ein paar Flaschen Messwein. Denis hatte ein Weinglas in der Hand und die Bierflasche neben seinem Stuhl...

Nun macht sich die Jubilarin daran, die Geschenke entgegenzunehmen. Je nach Alter steht oder sitzt sie irgendwo und nimmt die guten Wünsche an.

Small talk with everybody – woher ich komme, wo ich lebe in Uganda, *you are very most welcome!* – dann bekomme ich meist einen Wink von meinem Begleiter, der mir signalisiert: Auf, wir gehen! Das ist üblicherweise so gegen 16 Uhr, denn die Heimfahrt ist oft sehr lang, und man sollte in der Dunkelheit nicht auf Ugandas Straßen unterwegs ein.

Allseitige Verabschiedung, wir gehen zum Auto, immer wieder aufgehalten von Leuten, die den Father unbedingt noch grüßen oder verabschieden wollen. Ich schaue umher und sehe, wie sich sowohl hinterm Zelt der Prominenz als auch hinter dem der einfachen Leute etwas bewegt. Jetzt werden die Kanister mit dem selbstgebrauten Bananenbier hervorgeholt, jetzt geht das Fest endlich los. Gott segne die Jubilarin!

Nur nicht krank werden!

Aus aktuellem Anlass widme ich mich nun dem „kranken" Gesundheitswesen hier im Land.

Die letzten beiden Tage war ich ziemlich angeschlagen – Magenprobleme – und der einzige Gedanke, den ich habe, lautet: Bitte, bitte nicht ins Krankenhaus! Obwohl, wenn es sein muss, dann ist das natürlich besser als nichts und ich und meinesgleichen haben ja auch keine Probleme, für die Behandlung zu bezahlen. Für die Einheimischen sieht das leider anders aus. Selbst wenn die Behandlung oder Medizin für unsere Begriffe sehr günstig ist, kann das hier zum großen Problem werden.

Wie viele Kinder sah ich schon irgendwo auf einem Sofa liegen oder auf einer Decke am   Boden, schweißnass vom Fieber, und nach Rückfrage erfuhr ich lapidar: „Malaria!" Das bedeutet, dass es von selbst kommt und also auch wieder von selbst verschwinden soll. Und doch sterben so viele Menschen, speziell Kinder, hier an dieser Krankheit. Ich habe gelesen, dass weltweit alle 12 Sekunden ein Mensch an den Folgen der Malaria verstirbt. Das macht Angst!

Die Forschung hierzu ist weit, aber noch nicht am Ende. Da soll ein Mittel in der Natur versprüht werden, um die Anopheles-Mücke unfruchtbar zu machen und so zum Aussterben zu bringen.

Seit einiger Zeit gibt es auch Erfolge durch die Behandlung mit einer Pflanze, die normalerweise aus Asien stammt, aber auch in anderen Gegenden angebaut werden kann. Es handelt sich hierbei um *Artemisia annua*, den einjährigen Beifuß. Versuche haben gezeigt, dass er auch da Malaria heilen kann, wo der Erreger schon resistent gegen chemische Mittel geworden ist. An manchen Stellen in Uganda wird die Pflanze bereits angebaut und getestet. Man kann sie als Tee oder in Tinktur-Form zu sich nehmen (innerlich). Ebenfalls hilfreich gegen Malaria soll es sein, Tee aus Lemongras (*Zitronengras*) zu trinken. Das alles klingt sehr erfolgversprechend und ich hoffe sehr, dass Malaria in absehbarer

Zeit zu den ausgestorbenen Krankheiten zählt!

Meine eigene, höchst private Verschwörungstheorie lautet: Irgendeiner in der Welt da draußen (oder drei oder fünf) wollen, dass der afrikanische Kontinent durch natürliche Auslese (hier mittels Malaria) leer wird von seinen angestammten Bewohnern, damit er anderweitig ausgeschlachtet werden kann, zum Beispiel die reichlich vorhandenen Bodenschätze. Abwegig? Aber auch des Nachdenkens wert!

Es gibt natürlich in der Hauptstadt Kampala mehrere Hospitäler, darunter auch ein internationales, und auch in den kleineren Städten wie hier in Masaka sind zwei vorhanden, daneben noch einige Privatkliniken. Auch findet man auf dem Land verteilt sogenannte Dispensarys *(Armenkliniken, Krankenstationen)*. Versorgung wäre also eigentlich da, sagen wir mal allernötigste Grundversorgung. Aber sie kostet halt...

Das Gute ist, dass es unzählig viele Apotheken *(Pharmacys)* gibt, in denen man - soviel ich weiß – fast alle Medikamente frei kaufen kann, solange man eben das nötige Geld dafür hat. Aber leider wird damit auch Missbrauch getrieben, wenn sich die Menschen beim kleinsten Schnupfen gleich Antibiotika kaufen oder starke Schmerzmittel.

Das Schlimmste, was ich mir ausmalen kann (ich tue es nicht sehr oft, ist besser so) ist, in Uganda einen Verkehrsunfall zu haben und auf der Straße zu sterben, weil natürlich keine Ambulance vorhanden ist oder auch nur ansatzweise rechtzeitig käme. Wie auch, bei **den** Straßen?

Aber soll ich mal erzählen, wie der Präsident des Landes unterwegs ist? Im Konvoi: Vorneweg Polizeilimousine mit Blaulicht und Martinshorn. Als nächstes Polizeifahrzeug mit acht schwer bewaffneten Polizisten, Gewehr im Anschlag, manchmal ist es auch so etwas Ähnliches wie ein Panzerspähwagen mit vermummten Soldaten, Sturmhauben überm Gesicht, Helm, Gewehr im Anschlag. Dann folgen ein, zwei normale Limousinen mit Security, dahinter das

Präsidentenfahrzeug, wieder eine Ambulance mit Blaulicht und Horn, Security und in umgekehrter Reihenfolge all das, was schon am Anfang des Konvois war.

Ich frage mich jedesmal: Wieso muss sich ein Mann in seinem eigenen Land vor seinen eigenen Leuten so schützen? Im Grunde genommen weiß ich die Antwort; es ist nicht (nur) Liebe, die ihm entgegengebracht wird.

Man hat mal irgendwo lesen können, dass an dem Tag, an dem die Präsidententochter mit Papas Jet zur Entbindung nach England geflogen wurde, so und so viel ugandische Frauen während des Geburtsvorganges starben.

Ich habe ja leider auch selbst Malaria-Erfahrung und weiß deshalb, dass die hier käuflichen Tabletten, meist aus Indien, furchtbar schmecken, aber schnell helfen.

Hier mal ein paar Merkmale dieser Krankheit, sofern du sie im Bayrischen Wald oder an der Nordsee ganz plötzlich bekommen solltest... Nein, Spaß beiseite, es beginnt wie Grippe, man fühlt sich nicht wohl, ist „lätschig".

Du schwitzt, als wenn du in kochendem Wasser wärst, schmeißt alles von dir, was dich zudeckt, um es nur Minuten später zähneklappernd wieder zusammen zu klauben und um dich zu schlingen, weil du Angst hast, zu Eis zu erstarren. Wenn es möglich ist, sollte man nun oder spätestens am nächsten Morgen im Hospital einen Test machen lassen. Wenn dieser sagt „yes, Malaria!" bekommst du eine Injektion mit Ich-weiß-nicht-was und eben die genannten Pillen. Vier musst du nehmen im Abstand von exakt zwölf Stunden. Sie werden in Packungen zu sechzehn Stück verkauft – ist die Packung alle, hast du es auch geschafft: Du siehst aus wie Spucke (denn gegessen hast du so gut wie nichts in den letzten Tagen, eher das Gegenteil in allen Bereichen), kannst dich kaum auf den Beinen halten, und wenn du Essen nur schon von Weitem riechst, machst du auf dem Absatz kehrt und suchst das „heimliche

Gemach" erneut auf. Sei mutig und glaub mir: Es wird besser! Am nächsten Tag riecht das Essen schon weniger schlimm, du hast Hunger wie ein Wolf, aber was man dir auch offeriert – du wirst es ablehnen, weil es dich überhaupt nicht anmacht! Hier würde jetzt vielleicht ein Rollmops helfen, aber den zu finden in Uganda ist völlig aussichtslos.

So krabbelst du also langsam zurück ins Leben, brauchst viele Pausen, um dich hin und wieder hinzulegen, aber das Interesse an anderen Dingen kommt allmählich zurück. Bei mir war das immer die Frage, wie viel ich wohl abgenommen habe während dieser Fastenkur, für die man in Deutschland teuer bezahlen müsste!

Freu dich, **du hast** abgenommen, siehst toll aus – aber dein Freund Jo-Jo hockt schon dort in der Ecke und grinst unverschämt...

Gegen Malaria kann man sich nur schützen mit Tabletten als Prävention, Spray, Moskitonetz, geschlossenen Fenstern usw. In der Regenzeit erkrankt man natürlich viel öfter, weil die Biester ja die stehenden Pfützen zum Brüten brauchen. Grundsätzlich kann es uns aber immer erwischen, es gibt ja auch eine Inkubationszeit von mehreren Wochen. Wenn jemand natürlich viele Monate oder gar Jahre hier ist, wird es auch mit Prophylaxe schwer.

Die nächste Gefahr lauert für uns Europäer im Bereich Magen-Darm – wie bei mir gerade. Ich weiß normalerweise, welche Sachen ich essen kann, wenn ich zum Beispiel eingeladen bin. Hände weg von rohem Weißkrautsalat (dem einzigen Salat, den sie hier kennen). Ist das Kraut gekocht, dann okay. Normalerweise wird sehr sauber und sorgfältig mit Lebensmitteln umgegangen, aber Vorsicht ist auch angesagt, wenn man zuvor viele Hände geschüttelt hat, obwohl vor dem Essen immer Wasser zum Hände waschen angeboten wird.

Auch von Deko wie Tomatenscheiben: Finger weg! Ist wahrscheinlich gewaschen, aber nicht in abgekochtem Wasser. In Hotels kann man fast 100 % sicher sein, aber nochmal nachfragen kostet nix. Hände weg ebenso vom Essen, das am Straßenrand verkauft wird. Auch wenn der

Fleischspieß noch so lecker riecht, weiß man doch nie genau, ob er nicht noch vor kurzer Zeit irgendwo gebellt oder miaut hat!

Eine Story noch zu diesem Thema, mit der ich schon viele Leute erheitert habe. Ich will hier nochmals betonen, dass alles, was in diesem Buch steht, selbst erlebt und keinesfalls der dichterischen Freiheit ausgesetzt ist! Alles, was kurios ausschaut, war so; alles Traurige war traurig. Aber hier geht's um eine Lachgeschichte, zumindest im Nachhinein.

Es war im April 2015, als ich während meines Aufenthaltes in Masaka merkte, dass mir meine Verdauung Probleme macht bzw. ich beobachtete die ersten Anzeichen einer Verstopfung, was ich normalerweise nicht kenne. Wie es so ist: morgen wird's schon werden, warte mal ab, nächsten Tag keine Zeit und so weiter und so fort.

Etwas ernster wurde es zum Wochenende, mein Darm schlief. Kein Problem, es gibt ja für alles Tabletten, die hatte ich schon mal, hat damals gut geklappt – ja, aber nun halt nicht! Endlose Quälerei, dazu kam, dass auch irgendwie meine Blase abgedrückt wurde. Ich weiß zwar nicht, ob das medizinisch denkbar ist, aber mir kam es so vor. Pipi also nur noch beschränkt möglich, was auch zugegebenermaßen praktisch war. Immer wieder Besuche auf dem stillen Örtchen, die leider auch still blieben. Da ich die folgende Woche nach Masindi im Norden reisen wollte, konnte das nicht so weiter gehen. Nach einer endlos scheinenden Nacht voller Qualen bat ich Ben, mich am Morgen ins Kitovu-Hospital zu bringen. Kennst du das, wenn es dir so egal ist, **was** passiert, wenn nur endlich **etwas geschieht**? So war die Lage.

Im Hospital arbeitet eine ältere, ja sagen wir alte irische Ärztin, Dr. Maura, die ich schon lange kenne und die ihr ganzes Berufsleben als Schwester eines Ordens *(MMM Sisters, Medical Sisters of Mother Mary)* und Ärztin in Afrika verbracht hat. Ihr schilderte ich meine Nöte. Ja, meinte sie, das käme öfter vor, wir Europäer würden viel zu wenig trinken, nicht bedenkend, wie viel Flüssigkeit wir hier in Afrika allein über den Schweiß verlieren. Aber das wäre kein Problem, sie riefe jetzt nach Winnie, der ich mich getrost anvertrauen könne, und in einer Stunde hätte ich ein neues Leben vor mir! Das hörte sich sehr gut an.

Winnie, etwas älter schon, strahlend, groß und breit wie der Türstock, nahm mich mit in einen Raum und erklärte mir, dass sie mir jetzt einen Einlauf machen würde – *Do you know?* – und in einer halben Stunde würde mein neues Leben anfangen. Davor hatte ich keine Angst, das kennt ja jede Frau von der Entbindungsstation. Also zog ich mich aus, während mir Winnie ein gelb geblümtes Bettuch reichte, um mich zu bedecken. Ich legte mich auf den Schragen. Es war früh am Morgen und in dieser Abteilung des Hospitals noch niemand sonst unterwegs.

Winnie zog ihre Arbeitskleidung an: Gummischürze sowie Gummihandschuhe, und richtete ihre Utensilien. Sie begann, sehr sanft, immer wieder fragend, wie ich mich fühle. Sehr diskret und vorsichtig massierte sie Stellen in meinem hinteren Bereich, die ich selbst noch nie gesehen habe, und mein Bauch füllte sich langsam mit Wasser. Es war ein komisches, aber nicht unangenehmes Gefühl.

Nach einer kleinen Weile meinte sie, nun wäre es gut, bat mich aufzustehen, schlang das Tuch fester um meinen Körper und führte mich in den angrenzenden Raum, in dem sich eine Toilette befand – *only for you!* Ausgerüstet mit genügend Papier blieb ich allein zurück.

Das Klo war ein Novum, selbst für mich. Kennst du diese weißen Emaille-Klos zum Hocken, wie sie im Süden üblich sind? Rechts und links eine Ausbuchtung für die Füße, dazwischen eine viel zu kleine Wanne, über die du dich mühsam hockst, zielst, vielleicht sogar triffst und von der du dich nur unter Qualen wieder erheben kannst - vor allem bei nasskaltem Wetter, weil da alte Knochen am unbeweglichsten sind? Bis hierher stimmt alles. Jetzt hatte aber irgendein ugandisches oder irisches Cleverle eben diese Art von Toilettenschüssel etwas manipuliert und nicht in den Boden eingelassen, sondern etwa in Sitzhöhe auf einem Betonsockel installiert. Gott sei gedankt für diesen klugen Menschen, es machte die Prozedur für mich wesentlich einfacher, denn Winnie meinte noch, ich solle mir Zeit lassen – *nobody is around!* wie schön für mich zu wissen!

Ich nahm also Platz, ließ die Beine baumeln, „thronte"sozusagen inmeinem geblümten Umhang und wartete. Nicht lange. Ein Donnergrollen aus der Tiefe meines Leibes ließ mich erzittern. Dann ging es los. Nicht unangenehm, tat nicht weh, es platschte und plätscherte. Während ich darüber sinnierte, dass praktisch jede meiner Pobacken einen eigenen „Parkplatz" hat – nämlich da, wo sonst beim Hocken der rechte und der linke Fuß verankert sind – und ob ich jetzt auf einem Stehklo sitze oder auf einem Sitzklo stehe und was wohl einer macht, wenn er doch hocken will (eine Trittleiter holen?), ging die Türe auf.

Winnie in ihrer freundlichen Masse reckte ihr Näschen in die Luft, schnupperte, erhob die Arme zum Himmel und rief „Halleluja, prais the Lord, Joanas pain ist over, Halleluja!" Es war nicht der geeignete Moment, sich für meine intime Tätigkeit zu schämen, also nahm ich es gelassen und verrichtete weiter meine Geschäfte...

Da es, wie schon gesagt, früh am Morgen war und Winnie anscheinend sonst nichts zu tun hatte, fragte sie mich noch ein wenig aus. *Ehemann?* No. Thats good. *Children?* Yes, two. O thats very good. *Are you a catholic?* Letzteres war very, very good.Sie haute mir liebevoll auf die Schulter, was nochmals Nachschlag für die Kloschüssel gab, und verließ mich.

Ich grübelte weiter vor mich hin und dachte, hier bleib ich noch ein bisschen, ist grad so gemütlich, und ob ich wirklich leer bin, weiß ich auch nicht...

Die Tür ging auf, Dr. Maura. „O Joana, I see you are fine. Now can start your new Life. Prais the Lord!" Schämen? Warum?

Ich erledigte den Rest, zog mich an und ging in Dr. Mauras Büro, wo sie mit einer Tasse Tee und irischen Plätzchen auf mich wartete. Sowohl sie als auch Winnie (der ich noch etwas Geld zusteckte) umarmten mich liebevoll zum Abschied. Versehen mit Dr. Mauras besten Wünschen an meine Verdauung und einer Packung Glycerin-Zäpfchen für den Notfall trat ich leicht, frei und unbeschwert in einen neuen Tag unter Afrikas Sonne.

Ich frage mich manchmal: Ist das Leben eigentlich wirklich so simpel, wie es manchmal scheint, und wir machen es erst kompliziert oder kommt es kompliziert auf uns zu? Hast du Antwort? Ich nicht.

Diese Geschichte nannte meine Tochter später in Anlehnung an „public viewing" beim Fußball PUBLIC KACKING. Und irgendwie stimmt es ja auch.

(Nachsatz: Vor einigen Wochen habe ich erfahren, dass Dr. Maura gestorben ist. Frieden ihrer Seele, sie war eine wunderbare Frau und fürsorgliche Ärztin. Sie wird im Kitovu-Hospital in Masaka unvergessen sein. Und auch ich werde immer liebevoll an sie denken.)

Handwerker

„Around the world" sind sie unbezahlbar, die lieben freundlichen Menschen, meist Männer, die irgendwo ihre geheimnisvollen Unterkünfte haben, kaum sichtbar in Erscheinung treten und nur dann von uns wahrgenommen werden, wenn wir den Knopf drücken und sie rufen, weil Not am Mann ist. Ich rede von der Spezies Handwerker. Im Grunde genommen kenne ich nur zwei Sorten von ihnen, nämlich die deutschen, die du auch kennst, über die du dich schwarz ärgerst, weil sie so lange auf sich warten lassen und so teuer sind, die du aber doch mit Freude bezahlst, weil sie die Waschmaschine nochmal retten w vor dem endgültigen Dahinscheiden. Und ich kenne die ugandischen. Die verlieren sich völlig unauffällig in der Masse, haben weder Geschäftsauto noch Uniform in der Regel, warten, bis du sie rufst – und kommen.

Naja, vielleicht nicht mehr am selben Tag, denn es ist ja bereits 10.00 Uhr, als ich mit dem Elektriker telefoniere, aber er verspricht es ganz sicher für morgen. Ist auch okay; es ist ja nur die Steckdose (grad die eine von dreien, die noch funktioniert!), aus der vorhin sowas wie Feuer kam, aber vielleicht hab ich auch nicht richtig hingeschaut. Ich werde dann heut halt keine elektrischen Geräte mehr benutzen. Vielleicht wird ja sowieso auch gleich der Strom abgeschaltet wie fast täglich – morgen dann.

Am nächsten Tag erwache ich mit dem Gefühl, dass heut etwas anders sein wird als sonst. Ja, los, raus, der Elektriker will nach der Dose schauen! Schnell anziehen, damit ich ihm nicht unschicklich entgegentrete.

Der Tag vergeht. So, inzwischen ist auch der Strom wieder weg. Wenn der Mann jetzt kommt, kann er die Streckdose nicht mal prüfen. Aber er kommt ja eh nicht. Ich lobe Gott, dass ich eine Außenküche mit offenem Feuer habe, um zu kochen. Ich tue meine Arbeit und vergesse, dass da ja noch was war. Als alles erledigt ist, mein Tagwerk vollbracht und ich gerade auf dem Weg ins Bett bin, klopft es ans Außentor. Das Mädchen öffnet und bringt einen Mann herein in schwarzem Anzug und weißem Hemd, aus dessen Sakkotasche ein Stromprüfer lugt. Er ist verschwitzt, riecht etwas streng nach …. Bananenbier? Aber er strahlt, schüttelt mir die Hand und entschuldigt sich hundertmal dafür, dass ausgerechnet gestern Nachmittag sein Onkel starb, aber er musste halt zur Beerdigung. Diese fand in Narozari statt, also 50 km weit weg, aber jetzt sei er ja da. Sprichts, holt den Stromdingens aus seiner Tasche, fummelt in der Dose rum – *yes, Madam, power is to much!* - was Überspannung heißt. Aber, wie wir wissen, ist das einheitliche Wort aller Handwerker auf Erden dasselbe, nämlich „no problem" – er laufe ja jetzt auf dem   Heimweg sowieso an dem Mast mit dem Verteilerkasten vorbei, da steige er schnell rauf und reguliere das (???), und damit wäre dann alles wieder gut. Etwas verblüfft drücke ich ihm einen Schein in die Hand – *thank you, Madam, webale nnyo, God bless you everyday and sula bulungi* – zwei große braune Augen strahlen mich an, eine schwielige Hand drückt die meinige – weg ist er in einem Hauch von was noch gleich? Banana beer.

So wie ich mich für die oben erzählte Geschichte verbürge, kann ich das auch für die nun folgende. Ben kam eines Abends von der Arbeit nach Hause, aufgelöst, sozusagen bleich, und erzählte, dass ein Bekannter von ihm, ebenfalls Elektriker, in sein Büro kam und nachfragte, ob irgendwelche Arbeit für ihn vorhanden wäre. Ben war in Eile, sagte, dass es bestimmt was gäbe, aber er könne sich erst morgen drum kümmern, er solle wiederkommen am nächsten Tag. Dann drückte er ihm noch etwas Geld in die Hand. Der Elektriker ging in eine Kneipe, trank etwas (zu viel wohl), und als der Wirt ihn fragte, ob er mal nach den beiden Kabeln schauen könne, die da so lange schon sinnlos von der Decke baumeln… Antwort? – genau – no problem!

Der Fachmann versuchte, die beiden blanken Drähte zu verbinden, aber es war noch zu viel „Umhüllung" sozusagen vorhanden. Also **biss** er in das Kabel, um es statt mit Messer oder Schere zu lösen. Und warum auch vorher prüfen, ob Strom drauf ist? Es war sein letzter Auftrag hier auf Erden, noch nicht mal zu Ende gebracht...

Von Sicherheit absolut keine Spur! Eigentlich müssten die Hospitälervoll sein mit Unfallopfern.

Bauwerke, Hochhäuser, die schönsten Hotels:

Erst mal steht das Gerüst aus Eukalyptusstangen, zusammen gebunden mit Hanfseilen. Darauf tummeln sich zuhauf Männer mit Schubkarren, mit Zementsäcken auf dem Rücken, an der Seite sitzt einer und kocht gerade Poscho und Bohnen für den Lunch. Dass die anderen ständig über sein Feuer mit dem heißen Topf steigen, stört weder den Koch noch die Transporteure. Dabei müsste er doch nur 50 cm weiter in die Ecke... vergiss es! Ach so, du fragst wegen der Sicherheitsschuhe? Wenn man Zehenslipper als solche bezeichnen kann, so sind diese zwar auch vertreten, aber die meisten arbeiten barfuß!

Hier fällt mir nun die Geschichte mit Mzze (*respektvolle Anrede für einen älteren Mann*) ein, der längere Zeit auf unserem Grundstück tätig war, um die boys quarters fertig zu stellen. Das sind kleine Ein- oder Zweizimmer-Häuschen für die Bedienstetenmit je zwei Zimmern geplant und auch schon im Rohbau fertig. Mzze trat täglich mit seiner „Firma" zum Dienst an. Er selbst kam kilometerweit aus seinem Dorf mit dem Fahrrad, eine Plastiktüte mit Nägeln, Hammer und den unvermeidlichen Zigaretten auf dem Gepäckträger. Stets grüßte er mich, indem er beide Handflächen zusammen legte und sich verneigte. Dann zog er sich um. Eine Hose, viel zu groß, (er war klapperdürr) mit einem Strick auf Taille gebracht, barfuß. Nach und nach trudelten noch zwei oder drei Personen seiner Belegschaft ein, dann begann die Arbeit.

Wie gesagt: die boys quarters waren rohbaumäßig fertig, Fenster und Türen da, wo sie sein sollten.

Im obersten wollten wir Duschen und WCs installiert haben. Wir hatten einen guten Plan für die Aufteilung, aber zwei Tage zuvor hatte uns der Klempner gesagt, dass es Schwierigkeiten mit dem Gefälle zur Sickergrube geben würde, sollten wir an unserem Plan festhalten. Ein ganzes Wochenende überlegten wir, maßen aus, zeichneten neu; dann stand die neue Variante fest. Hierzu musste allerdings das Fenster wieder zugemauert werden. Ich hatte Montag früh die Aufgabe, diese Änderung an Mzze weiter zu geben. Sein englisch war so schlecht wie meins, aber mit Händen und Füßen bekamen wir es hin, dass er verstand, was zu tun war.

Fenster zumauern scheint Chefsache zu sein. Den ganzen Tag setzte er Stein auf Stein wieder in die Fensteröffnung, ausgenommen die heilige Zeit des Lunchs, mit anschließend drei bis fünf Zigaretten in der Mittagspause, die auch schon mal bis 15.00 Uhr gehen konnte.

Immer, wenn ich draußen vorbei ging, strahlte er mich an, wies auf sein Werk und benutzte unsere einzige, gemeinsame Sprache: no problem!

Der Tag war um, das Fenster zu, er wusch sich, räumte auf, verabschiedete sich aber nicht wie sonst, sondern blieb auf dem Gelände; tat dies, machte jenes – er schien auf etwas zu warten.

Endlich kam Ben nach Hause. Das war der Grund, warum Mzze noch da war. Auf ihn hatte er gewartet. Er führte ihn zum Fenster, das nun keines mehr war, und redete längere Zeit auf Ben ein, welcher verstehend nickte, immer wieder.

Ich bin ja nun eine der wenigen Frauen aus Gottes Schöpfung, die nicht zur Neugier neigen. Aber so langsam hätte ich doch auch gern gewusst, was da vorging unter den beiden Profis. Wahrscheinlich, weil ich inzwischen ein Dutzend Mal ohne ersichtlichen Grund an den beiden vorbeigeschlichen war, rief Ben mich hinzu.

Also, die Sache war, dass Mzze die absolut komplette, perfekte Lösung für unser Abwasser- und Raumproblem gefunden hatte, das hundertprozentige Non Plus Ultra. Das hatte er allerdings schon morgens in petto gehabt, als ich ihn davon in Kenntnis setzte, wieder zu zu mauern. Für diese Super-Idee hätte es diesen Akt überhaupt nicht gebraucht, aber Mzze hätte sich nie getraut, einer Muzungu, und sei sienoch so nett, zu widersprechen. Als ich dies begriffen hatte, fühlte ich mich zum ersten Mal in meinem Leben einer Ohnmacht nahe.

Mit einem dreifach gemurmelten „no problem" verabschiedeten wir uns nun formvollendet voneinander, und am nächsten Morgen schlug er das tags zuvor zugemauerte Fenster wieder auf.

Wir blieben Freunde. Er ist längst gestorben. Welche Arbeit Gott ihm zugedacht hat im himmlischen Reich, weiß ich nicht, aber ich vermute, es wird etwas sein, was seinen fundierten Fähigkeiten als Maurer entspricht.

Wir schmunzeln über solche Geschichten, wir belächeln sie und sagen: Haben die denn keinen Verstand? Muss man denen alles erklären und vormachen?

Nein, muss man nicht. Man muss nur Fakten schaffen in einem Land, das einerseits Anteil an der großen weiten Welt haben will, anderseits aber in Chaos und Korruption versinkt. In einem gut strukturierten Land die Wirtschaft aufrecht zu erhalten ist keine Kunst, aber mit praktisch nichts in den Händen, nur den eigenen Ideen im Kopf, eine Scheinwirtschaft funktionieren zu lassen, das macht es aus! Kannst du dir vorstellen, welche Augen unser Elektriker machen würde, könnte er den Werkzeugkasten seines deutschen Kollegen sehen? Wie schön es für ihn wäre, nicht nur immer behelfsmäßig etwas hinzuschustern, sondern zu zeigen, dass er richtig gute Arbeit macht?

Ich danke jedem einzelnen Mzze in dieser Masse der Unscheinbaren, die es schaffen, immer und immer wieder Pionier zu sein für ein Land, das aufstrebt nach Wohlstand und Ordnung, nach oben möchte, aber von der Fettleibigkeit und Bequemlichkeit derer, die es regieren, ständig nach unten gezogen wird. *Webale mirimu*, ihr da draußen, *webale mirimu* (danke für eure gute Arbeit)!

Frau sein in Uganda

Dies wird wahrscheinlich eines der ausführlichsten Kapitel des Buches werden, und ich hoffe, alles Wesentliche auch wirklich unterzubringen, sodass man gut verstehst, wie es unseren Schwestern hier in Uganda geht; wie sie leben, von welchen Wünschen und Visionen sie träumen. Es ist wie bei uns: Ein Heer von Frauen bevölkert die Straßen, ist in den Kirchen, richtet Feste und Feiern aus, unterrichtet Kinder.

Unterschiedliche Gestalten je nach ethnischer Herkunft; mal die Großen, Grazilen, Anmutigen, dann die Bantu-Einschläge, die sich in der kleinen Größe, aber dem ausladenden Hinterteil präsentieren.

Sie schuften, werken und schaffen den ganzen Tag. Natürlich gibt es aber auch die Trinkerin, die dich um tausend Shillings anbettelt. Es gibt die guten Mütter, die sich um ihre Kinder sorgen, und es gibt die bösen Stiefmütter, die ihren Nachwuchs beißen, schlagen oder sonstwie misshandeln. Das ist kein Unterschied zum Frauenleben in Deutschland, aber wie viel schwieriger ist es doch hier, allein den Alltag zu bewältigen. Ich schreibe hier vom Dorf, vom Stadtrand, nicht vom Leben in Kampala, dort ist manches anders.

Lass mich Bettys Alltag schildern.

Sie wohnt abseits unserer Pfarrei in einem Haus, das keine Nachbarschaft hat. Ihre Kinder sind schon größer und zum Teil aus dem Haus, was vieles einfacher macht.

Betty steht um halb sechs morgens auf, um Frühstück zu machen. Dazu schält sie Kochbananen und dünstet diese zusammen mit Zwiebeln und Tomaten auf dem Feuer, was etwa eine halbe Stunde beansprucht. Es ist noch dunkel draußen. Die Paraffin-Lampe (oder auch nur eine Kerze) gibt wenig Licht, aber Bettys Haus hängt nicht an der staatlichen Stromversorgung, weil es einzeln steht und die Stromleitungen nur in Städten oder größeren Ortschaften anzufinden sind. Vielleicht hat sie inzwischen ein paar Solar-Module gesponsert bekommen, aber das weiß ich nicht genau.

Auf einem zweiten Feuer kocht das Wasser für den Frühstücks-Tee und den täglichen Trinkwasservorrat. Die Familie holt es an einem nicht so weit entfernten öffentlichen Brunnen. Eine Wegstrecke dauert nur ca. 15 Minuten. Zum Transport benutzt Betty Jelly cans, das sind gelbe 20-Liter-Kanister. Manchmal hilft ihr großer Sohn mit, dann geht es schneller und ist nicht so anstrengend.

Jetzt ist es etwa halb sieben. Wenn es nicht regnet, zieht Betty ihre alten, ausgeleierten Turnschuhe an und macht sich auf den Weg zu unserer Pfarrkirche, in der um sieben Uhr die Morgenmesse beginnt. Nur Regen kann die sympathische Frau daran hindern, diese zu besuchen. Der Gottesdienst ist ein Ort für sie, um Kraft zu tanken.

Nach der Messe hält Betty noch ein Schwätzchen und geht dann nach Hause zurück. Wenn sie viel Glück hat, ist ein Autofahrer unterwegs, der sie kennt und mitnimmt und an Tagen, wo etwas mehr Geld in der Kasse ist, leistet sie sich auch mal ein bodda-bodda *(Mopedtaxi))*.

Zu Hause wartet nun das Frühstück – und ein Riesenberg Wäsche zum Waschen! Die Kleidungsstücke werden eingeweicht in mehrere Plastik-Waschschüsseln mit etwa 5 Litern Inhalt. Wasser aus dem Kanister dazu, nach einiger Zeit wird mit Seife jedes Stück behandelt, ab und zu braucht sie auch eine Bürste. Die Kleider sind staubig vom Dunst oder aber dreckig vom Regen und mit Erde verkrustet. So kämpft sich die Hausfrau durch die Wäsche, immer in gebückter Haltung, bis alles auf der Leine hängt oder dekorativ über Hecken und Ästen ausgebreitet ist.

Da zwischen 13 und 14 Uhr in jedem Haus zu Mittag gegessen wird *(lunch)*, macht sich Betty nun ans Kochen. Kochbananen schälen für Matoke, Yams-Wurzeln oder Kasava vorbereiten, Erdnüsse stampfen für die Soße. Das ist alles andere als „leichte Küche"!

Anschließend dann muss wieder aufgeräumt werden. Die Utensilien werden gespült und zum Trocknen auf ein Holzgerüst gelegt. Kochen und Waschen sowie Abspülen werden im Freien getätigt.

Weil es nicht so ganz arg heiß ist, geht Betty nun noch in ihre

Bananenplantage unweit des Hauses, um den Boden aufzuhacken.

Die Hühner laufen ihr zwischen den Füßen herum, sie wollen gefüttert werden. Sie überlegt, ob sie eines zum Abendessen (*supper*) schlachten soll? Es ist schließlich Samstag, da kann man schon mal ...

Etwas weiter weg vom Haus quieken die beiden Schweine, muht die Kuh, der ganze Stolz der Familie. Diese stammt aus einem Projekt der CWM (*Catholic Workers Movement, in Deutschland Kath. Arbeitnehmer-Bewegung*). Ausgewählte Haushalte bekommen eine trächtige Kuh geschenkt oder für ganz wenig Geld mit der Auflage, dass das Kalb weitergegeben wird an eine andere Familie. Das System hat sich sehr gut bewährt.

Betty hat also noch viel zu erledigen, bevor sie ab 18 Uhr wieder das Feuer hütet, um zu kochen. Im Grunde gibt es das gleiche wie mittags, aber vielleicht, vielleicht bekommt jeder heute Abend ein Stück Huhn...

Später dann, wenn alles aufgeräumt ist, wird Betty wieder todmüde in ihr Bett fallen. Und der morgige Tag und alle anderen werden sich nur unwesentlich vom heutigen unterscheiden.

Natürlich müssen von klein auf alle Kinder im Haushalt helfen, die Mädchen mehr als die Jungen. Ob ugandische Männer ihren Frauen wirklich helfen oder nur, wenn Besuch da ist, hab ich auch noch nicht so ganz herausgefunden.

Ich weiß nur, dass der Mann das Sagen hat, solange das Paar zusammen ist. Viele Paare leben jahrelang zusammen, ohne verheiratet zu sein. Da hat einst das Geld nicht für eine „amerikanische Hochzeit" gereicht, und statt in kleinem Kreis etwas bescheidener zu heiraten, ließ man es ganz. „Klein" zu feiern bedeutet immer auch, Ansehen bei den Nachbarn und Verwandten zu verlieren. (Über Hochzeiten gibt es später ein extra Kapitel).

Praktisch hat eine Frau in einer solchen Beziehung wenig oder keine Rechte. Bedenkt man dann noch, dass hier durchaus polygam gelebt wird (von den Männern natürlich!), kann man sich denken, was solch eine Frau von ihrem Leben hat, nicht viel, außer ständig Kinder zu gebären. In letzter Zeit hörte ich jedoch vermehrt von Anwälten, die sich den Frauenrechten *(women rights)* verschrieben haben. Es gibt zum Glück kleine Fortschritte, aber es wird noch lange dauern, bis hier dieselben Standards wie anderswo auf der Welt herrschen.

Ein Phänomen ist für mich der unbändige Kinderwunsch. Wenn die Frauen so Anfang zwanzig sind, möchten sie schwanger werden. Sie suchen keinen festen Partner, um eine Familie zu gründen, darum geht es primär nicht, sie wollen nur ein Kind. Um auch hier das allgemein übliche Wort zu verwenden: No problem! Dann kann man bald stolz mit geschwelltem Bauch einher spazieren. Ist das Baby da und die Entzückensrufe der neidischen Freundinnen verklungen, denkt die junge Mutter plötzlich: O je, eigentlich habe ich ja Abitur und wollte studieren oder einen Beruf erlernen, aber jetzt ist ja dieses Baby da – was mach ich nur? Ab damit zu Mama oder Tante in ein Village, und das Mädchen ist wieder frei, hat aber zur Population das Ihrige getan. Ein zwölfjähriges Mädchen hat mir neulich erzählt, dass es seine Mutter seit drei Jahren nicht mehr gesehen hat; auch es lebt bei den Großeltern. Es ist natürlich nicht generell so, wie ich es schildere, aber sehr, sehr oft.

Und es ist auch Tatsache, dass extrem viele junge Mädchen zwischen 15 und 17 Jahren mit Babys unterwegs sind. Sie wurden nicht von gleichaltrigen boys schwanger, bewahre, diese Jungen können doch nichts bieten!

Hier hat sich eine richtige „Marktnische" für ältere Ehemänner bzw. Quasi-Verheiratete ergeben, die der eigenen oder den eigenen Frauen überdrüssig sind und es „nochmals wissen wollen". Sie machen sich an junge Mädchen ran – Jungfrauen sind begehrt! – mit vielen Versprechungen. Es sind keine reichen, aber auch keine armen Männer. Da ugandische Mädchen und Frauen zu extremer Eitelkeit bis hin zum Narzissmus neigen, hat der potentielle Verführer leichtes Spiel: Schuhe, Perücken, künstliche Fingernägel, Klamotten aus China – welches weibliche Wesen in diesem Alter kann da schon nein sagen?

Und prompt passiert es, weil ja viele Ugander wahre Kondom-Muffel sind. Da steht dann das Girl, vom Vater des Kindes keine Spur mehr weit und breit – wieder ein Kind in die Welt gesetzt, das keine Zukunft hat. Allerdings darf man auch die vielen Missbrauchsfälle – oft in der eigenen Familie – nicht vergessen, aus denen ein Kind hervorgeht. Mit dem steht die Mutter dann ebenfalls alleine da.

Leider kommt auch relativ oft vor, dass junge Mädchen an einer Abtreibung sterben.

Ich kenne Agnes, nun eine junge Frau Mitte zwanzig, seit ihrem 12. Lebensjahr. Sie hatte das Glück, Schulgeld aus Deutschland zu erhalten. Kurz vor dem Abitur war sie dann schwanger.

Dies erfuhr ich während meines Langzeit-Aufenthaltes in Masaka. Da mir das Mädchen am Herzen lag, suchte ich nach ihm, um zu sehen, was aus ihm geworden ist, ob ich helfen kann.

Ich fand Agnes auch. Zusammen mit ihrer süßen einjährigen Tochter und ihrer Mutter besuchte sie mich. Was musste ich mir anhören? Die Mutter entschuldigte sich bei mir, dass sie das nötige Geld für eine Abtreibung nicht aufbringen konnte und Agnes das Kind also leider austragen musste.

Ich muss hier jetzt sehr aufpassen, dass ich nicht zu viel Negatives schreibe.

Weiter zur Situation der Frauen: Sie sind einfach an allem schuld. Bekommt die Familie lauter Töchter – Mamas Schuld. Kommen keine Kinder – Mamas Schuld. In diesem Fall wird die Frau sehr oft verlassen.

Ich habe mich mal mit jemandem darüber unterhalten, ob bei Kinderlosigkeit Männer bereit sind, sich untersuchen zu lassen. Das soll es tatsächlich geben, aber nicht sehr oft. Ugander sind Machos. Ich fragte meinen Gesprächspartner, was dann geschehe, wenn der Mann

„schuld" ist. Die alles umschreibende Antwort war: „Dann hat der Arzt ein Problem"! Das meint wohl, dass es ein Geheimnis zwischen Arzt und Patient bleibt und die Frau wieder den Schwarzen Peter hat.

Es ist hier Sitte aus der Tradition heraus, dass die meisten Frauen hinknien, wenn sie einen wesentlich älteren Mann oder aber einen Priester begrüßen. Das sieht zwar sehr unterwürfig aus, aber die Frauen machen es aus Gewohnheit und denken sich wohl nicht viel dabei. Außer tief auf dem Land. Wenn da eine Frau einem männlichen Gast ein Glas Wasser reicht, wird sie das kniend tun. Natürlich kann ich mich hier nicht einmischen, obwohl ich die Szene immer sehr unwürdig finde, vor allem, wenn es ein noch junger Mann ist, der da so erhaben und arrogant über einer älteren Frau steht.

Andererseits sind Frauen hier sehr stark, besonders jene, die verlassen wurden und mit ihren Kindern alleine da stehen. Da werden Kräfte mobilisiert, man schließt sich zusammen zu kleinen Genossenschaften, man schafft Projekte, die das Überleben mehrerer Frauen mit ihren Kindern sichern. Das alles bewundere ich sehr. Auch die älteren, stolzen Frauen, oftmals Musliminnen, die mit so großer Würde daherkommen, so dass ich ihnen am liebsten die Hände küssen möchte.

Verachten tue ich jene jungen Frauen, die noch nichts geleistet haben, ihre Tage im Salon zubringen, wo sie sich stundenlang falsche Haare knüpfen lassen. Diese begegnen mir oft mit einer derartigen Arroganz, die schon wieder fast an Dummheit grenzt.

Liebe ugandische Frauen, wir sind alles Schwestern und nicht vollkommen, gleichgültig, wo wir leben. Ich ziehe den Hut vor eurem harten Leben, ich verneige mich vor eurem Stolz und bitte euch: Lasst euch eure Würde nicht nehmen. Wir Frauen können die Welt verändern, fangen wir an!

Im Pfarrhaus in Busuubizzi

Ich schaue aus meinem Zimmerfenster über den Hof zur alten Pfarreihalle, in der jetzt die Garagen, das Holzlager, der Unterschlupf für die Tiere und unsere Küche mit den großen Feuerstellen untergebracht sind. Ein Huhn geht spazieren, die Ente putzt ausgiebig ihr Federkleid, hat es doch soeben geregnet und es ein paar Spritzer davon abgekriegt. Ich frage mich, ob ein Wasservogel im Laufe der Zeit das Wasser als sein Element vergisst, wenn er nie an welches kommt? Ich hätte dieser Ente ja schon längst eine alte Waschschüssel zum Baden hingestellt, aber das traue ich mich nicht. Wir sammeln Regenwasser von den Dächern in große Tanks und sparen jeden Tropfen. Da muss meine Tierliebe eben hintenan bleiben!

Eine graue und eine schwarz-weiße Katze sind jetzt aufgetaucht und schauen sich um, ob das bisschen Regen vielleicht etwas Essbares angeschwemmt hat. Tier zu sein in Uganda ist nicht leicht; noch schwerer ist es allerdings, wenn man als Tierfreund hierher kommt und sieht, wie mit den Kreaturen umgegangen wird. Da macht auch das Pfarrhaus keine Ausnahme. Die Katzen zum Beispiel sind da, um Mäuse oder Schlangen abzuhalten, aber sich dadurch das Recht auf eine Portion Futter zu erwirken, ist nicht drin. Die Tiere hier sind wirkliche Überlebenskünstler!

Es ist Sonntagnachmittag und sehr ruhig. Von unseren drei Pfarrern, die hier leben und ihren Dienst versehen, ist gerade eben Fr. Lawrence mit seinem Moto-Cross-Moped von einer der Außenstationen zurück gekommen. Heute Vormittag hielt er Messe in Kande. Die Straße dorthin ist schrecklich, aber er ist wohlbehalten zurück.

Fr. Daniel hatte heute hier in der Pfarrkirche um 8 Uhr und um 10 Uhr die Messe und ist jetzt bei einer Beerdigung.

Der Chef des ganzen, mein guter Freund Fr. Denis, ist seit gestern schon unterwegs in der Nähe von Masaka, wo er zu einem Jubiläum eingeladen war. Wir erwarten ihn gegen Abend zurück.

Ja, hier im Pfarrhaus herrscht ein etwas anderer Lebensstil, aber mit dieser Besetzung macht es auch großen Spaß, ein Teil des Haushaltes zu sein.

Ich komme jetzt mittlerweile seit sieben Jahren hierher und habe an diesem Ort Heimat gefunden. Fr. Denis habe ich 2002 in Deutschland kennengelernt, als er mit einer ugandischen KAB-Delegation dort einen Besuch machte.

Seither sind wir wirklich gute Freunde. Er war inzwischen vor zwei Jahren auch bei mir im Schwarzwald zu einem Gegenbesuch. Er ist ein begeisterter Freund des „Black Forest".

Hier in Busubizzi ist immer „mein"Zimmer für mich bereit. Ich lebe den normalen Pfarrhaus-Alltag mit, ansonsten beschäftige ich mich selbst oder besuche Freunde, und manchmal nimmt Denis mich mit, wenn er irgendwo eingeladen ist. Ab und zu fahren wir auch nach Kampala.

Besonders schön finde ich es immer, sonntags mit Denis in die Außenstationen der Pfarrei zu fahren, wo er die Messe liest. Sehr oft steht eine einfache Kirche ganz einsam auf einer großen Wiese, und wenn die Trommel geschlagen wird, kommen die Menschen aus den umliegenden verstreuten Siedlungen zum Gottesdienst. In diesen armen Gotteshäusern mit den bunt zusammen gewürfelten Menschen fühle ich mich wohler als in der schönsten Kathedrale. Hier inmitten der unterschiedlichen Menschen bin ich Gott sehr nahe.

Ansonsten ist unser Alltag von der Arbeitsweise der Priester vorgegeben.

Während der Schulzeit ist bereits um sechs Uhr morgens Messe für die Schüler der drei angrenzenden Schulen. Diesen Dienst übernehmen die Fathers abwechselnd. Um sieben Uhr ist die zweite Messe, welche dann von den übrigen beiden Priestern zelebriert wird. Sehr viele Leute sind nicht in diesem Gottesdienst, aber ich bin immer dabei und freue mich, so gut gerüstet in den Tag zu starten. Anschließend treffen wir

Pfarrhausbewohner uns beim Frühstück, das Jane gut und reichhaltig hergerichtet hat. Wir plaudern und lachen, und ich erfahre, wie die einzelnen Tagesabläufe sind. Montags ist frei – ein dehnbarer Begriff! Braucht nur am Sonntag jemand verstorben sein, gilt dies schon nicht mehr.

Fr. Denis arbeitet dienstags bis donnerstags in der Liegenschaftsverwaltung der Diözese Kiyinda-Mityana. Zusätzlich ist er in vielen Gremien. Da er bei den Leuten überaus beliebt ist, wird er auch oft im Pfarrhaus aufgesucht oder anderweitig in Anspruch genommen. Er ist wahrlich ein Priester, der vierundzwanzig Stunden im Dienst ist! Nichts scheint ihm zu viel zu sein. Er ist stets freundlich und hilfsbereit. Freitags ist er in seinem Büro im Pfarrhaus und sonst eben immer auch noch da, wo irgend etwas ansteht. Da er der verantwortliche Priester der Pfarrei ist, wird er auch immer wieder zu verschiedenen Events eingeladen: Jubiläen, Graduations-parties, Hochzeiten, Last funeral rites, was meist auf den Samstag verlegt ist und wovon ich ebenfalls profitiere, wenn er mich mitnimmt. So habe ich schon viel erlebt und die ugandischen Traditionen kennengelernt. Wenn wir beide alleine für längere Zeit im Auto unterwegs sind, hat Denis meist lateinische Gesänge dabei, die er ins Kassettendeck legt. Eifrig singen wir beide dann mit und mir kommt zugute, dass in meiner Jugend die Messen noch in Latein abgehalten wurden. Kaum zu glauben, was da noch alles vorhanden ist, wenn mal der Schalter im Kopf umgelegt wurde: Sursum corda, habemus ad dominum dignum et justum est…

Für die Priester unseres Hauses, die tagsüber nicht unterwegs sind, ist gegen 13 Uhr lunch, wieder frisch und liebevoll gekocht und angerichtet von unserer Jane. Gegen Abend, so ab 17 Uhr, ist dann im Regelfall allgemeines Heimkommen. Die Dusche ist dauerbesetzt, weil alle den Straßenstaub abspülen möchten. Hinterher verbringt jeder etwas Zeit in seinem Zimmer (falls kein Besucher eintrudelt), und wenn Fr. Denis das Signal gibt, treffen wir uns im living-room zum Rosenkranzgebet. Sehr oft bin ich die einzige, die wirklich durchhält, weil aus jeder Ecke ab und zu ein erstaunter Schnarcher kommt. Die Müdigkeit hat sie übermannt!

Ich glaube, die Gottesmutter mag unseren Rosenkranz – er klingt so „menschlich". Nach dem Segen warten wir zusammensitzend auf die Nachricht von unserem Koch-Helfer Paulo, dass das Essen fertig sei. Nun wird der Esstisch gestürmt, wir freuen uns über die einfachen, aber schmackhaften Dinge, die Jane vorbereitet hat. Wenn ich an diesem Tag in der Stadt war, hab ich meist Fisch mitgebracht – Original Tilapia vom Viktoriasee! Ansonsten wird hie und da unser „Spendenhühnerhof"um ein weiteres Mitglied reduziert, welches nun seine kross gebratenen Schenkelchen in der Schüssel darbietet.

Es ist immer sehr gesellig bei Tisch, weil jeder irgendetwas vom Tag zu erzählen hat.

Heute Abend werden wir über den üppigen Regen sprechen, der uns jetzt gerade, während ich schreibe, segnet. Er ist sehr stark, aber die durstige Erde schluckt und schluckt und endlich wird der Monate alte Staub von Dächern und Bäumen gespült!

Nach dem Supper – es ist dann meist kurz vor neun Uhr abends – verziehen wir uns alle (Denis und ich mit einer Tasse Tee) vor den Fernseher, um die Nachrichten anzuschauen – wenn wir Strom haben. Wenn nicht, endet unser Tag hier und jetzt.

Falls Elektrizität vorhanden, schauen wir, was in Uganda den Tag über passiert ist. Allerdings brauche ich Übersetzungshilfe, weil die Nachrichten in diesem Sender in Luganda ausgestrahlt werden (und deshalb auch nicht vom Staat manipuliert sind, sagt man).

Inzwischen haben die beiden anderen Herren meist bereits den Raum verlassen, während mein „Übersetzer" Fr. Denis mit der Teetasse in der Hand schon langsam ins Traumland gleitet. Ich wecke ihn, wir schauen nach, ob alle Türen und Fenster gut verschlossen sind, und mit dem Teekessel voll Wasser in der Hand für die Nacht, sagt er meist „Sorry, I am so tired! Sleep well!"Wieder ist ein Tag in Busubizzi parish vergangen und - gesegnet von Gottes Güte und Liebe – träumen sich die Bewohner dieses freundlichen, offenen Hauses in einen neuen Morgen.

Umwelt und Klima

Heute Vormittag hat es nahezu 2 Stunden ohne Unterbrechung wie aus Kübeln geschüttet. Darauf haben wir schon seit Wochen gewartet. Normalerweise beginnt um den Tag von Maria Himmelfahrt (15.8.) die sogenannte „kleine Regenzeit", die sich bis Ende November erstreckt. Nun hat aber auch hier der Klimawandel seine Spuren hinterlassen, sodass die Regen- und Trockenperioden nur noch ungefähr stimmen.

Hinzu kommt das meiner Meinung nach kriminelle Umgehen mit den Wäldern auf Ssese Island. Dieses Archipel besteht aus 84 Inseln von unterschiedlicher Größe und liegt im Lake Victoria. Nicht alle sind bewohnt. Es gibt traumhafte Strände auf den Inseln und bis vor wenigen Jahren nahezu undurchdringliche Regenwälder. Man fuhr wie durch einen Tunnel, rundherum ein intaktes ökologisches System. Affen turnten ohne Scheu auf den Wegen, ein Konzert von vielfältigen Vogelstimmen erfüllte die Luft, und der Duft tropischer Pflanzen hing schwer über allem. Wie anders traf ich dieses Paradies nur wenige Jahre später an: Schwarz verkohlte Erde, Baumriesen, die wie Leichname ihre gebrochenen Äste zum Himmel streckten, auf der gerodeten Fläche Einheitsbewuchs mit Öl-Palmen – Totenstille lag über diesem Friedhof der Raffgier, des Besitzen-Wollens, des Mammons.

Indische Investoren brachten der Regierung die Idee nahe, dass mit Palmöl viel Geld zu verdienen ist. Diese ließ sich nur allzu schnell davon überzeugen. Daraufhin wurde die Rodung der Insel vorangetrieben. Die Stimmen der dort Lebenden, die die Natur kennen und um die Gefahren wissen, wurden unterdrückt und zum Verstummen gebracht, sogar mit Waffengewalt.

Was ist das Resultat dieser „Vergewaltigung"? Der Wind fegt ungehemmt über die Insel, Erdrutsche sind an der Tagesordnung, und die Palmöl-Produktion ruht.

Aber wie ich erst in diesen Tagen las, soll auf einer Nachbarinsel nunmehr das gleiche geschehen. Wann lernt der Mensch dazu?

Die Worte des Indianer-Häuptlings Seattle an den amerikanischen Präsidenten, gesprochen vor langer Zeit, sollte jeder Mensch auswendig kennen müssen. *Erst wenn der letzte Fisch gefangen und der letzte Baum gefällt ist, werden die Menschen merken, dass man Geld nicht essen kann!* Wie wahr und wie traurig, dass das noch immer nicht in den Köpfen der Verantwortlichen angekommen ist.

Ich bin etwas abgeschweift, wollte damit eigentlich sagen, dass auch die veränderten Umweltbedingungen auf Ssese Island vielleicht Einfluss auf die Regenzeiten hier haben.

Wenn es so stark regnet wie vorhin, kommt das Leben hier fast zum Erliegen: Geteerte Straßen gibt es nur über Land und in der Hauptstadt. In den kleineren Städten und hauptsächlich den Dörfern findet man praktisch nur Wege, die wegbrechen oder aber so ausgeschwemmt sind, dass sich die Löcher mit Wasser füllen. Somit ist es praktisch unmöglich, sie zu passieren. Außerdem ist es dann so rutschig, als wenn bei uns Blitzeis, Eisregen und Neuschnee zusammen treffen. Deshalb ist das Gehen sehr gefährlich, weil man ausrutschen und stürzen kann. Nach zehn Minuten kann man sowieso die Füße nicht mehr anheben, weil sich durch den nassen Dreck richtig feste Schollen an den Schuhsohlen gebildet haben.

Bodda-boddas können gar nicht fahren, diese rutschen einfach weg. Ich hatte mal ein Erlebnis bei solchem Wetter, das Gott sei Dank glimpflich abgelaufen ist. Die Geschichte findet man im letzten Kapitel „Aus meinem Masaka-Tagebuch".

Es gibt nur eines, was man bei solchem Regenwetter machen kann: Nichts. Das hat jetzt nichts mit Faulheit zu tun, sondern es geht wirklich fast um's Überleben. Wer schon mal – selbst mit einem Allrad-Fahrzeug – einen abschüssigen Weg hinunter geschlittert ist, weiß, wovon ich rede!

Das Gute ist, dass meist nach dem Regen relativ schnell die Sonne wieder scheint, sodass die Erde abtrocknet und bald auch wieder – mit aller gebotenen Vorsicht – begehbar ist.

Nach dem Regen kann man fast zuschauen, wie schnell das verbrannte Gras grün wird und Blumen überall an Hecken, Sträuchern und Bäumen hervorbrechen.

Alle Leute sind froh über den nassen Segen, denn wenn etwas wachsen und gedeihen soll, braucht es Wasser.

Letzte Woche hatten wir in Masaka ein Erdbeben der Stärke 5,7. Es hatte seinen Mittelpunkt im Victoria-See nahe der Grenze zu Tansania. Dort wurden 19 Menschen getötet und etliche Häuser zerstört. Das ist an sich kein Phänomen, denn wir befinden uns hier nahe des ostafrikanischen Grabenbruchs, wo die Erdplatten ständig aneinander reiben. Irgendwann bricht ein Stück des Kontinents dort ab, und der Osten Afrikas wird ein eigener kleiner Erdteil sein oder zumindest eine Insel. Erdbeben haben ja primär nichts mit Klimawandel zu tun, aber es gibt Leute – auch alte – die hier noch nie eines erlebten.

Nun möchte ich ein sehr leidiges Thema ansprechen, das für mich und meinesgleichen ein ständiger Anlass zu Ärger ist: Der Müll.

Er ist überall präsent. Straßenränder sind übersät von Abfällen und Verpackungsmaterial; Müllhalden, die irgendwann ohne Plan einfach angezündet werden, liegen mitten in Wohngebieten. Im trüben, stinkenden Rauch sitzen Mütter und stillen ihre Babys, spielen Kinder. Es ist mir unbegreiflich, wie man sich im Dreck so wohl fühlen kann!

Die Menschen kommen einher wie aus dem Ei gepellt, – die meisten jedenfalls – die Kleider sauber gebügelt, die Schuhe gebürstet, die Frisuren top in Form. Aber dieselben Leute schmeißen alles, was sie gerade an Überflüssigem in der Hand haben, einfach vor sich auf den Boden, seien es Flaschenverschlüsse, leere Flaschen, die allseits vorhandenen braunen Plastiktüten (*Cavera* genannt) – es wird einfach fallen- und liegen gelassen. Wenn ich mich nach etwas bücke, um es aufzuheben, werde ich oft einfach ausgelacht.

Ein guter Bekannter, der eine leer getrunkene Flasche einfach fallen ließ und den ich daraufhin ermahnte, sie wieder aufzuheben, sagte mir ins Gesicht, dass wir hier in Uganda seien und mit den Dingen anders umgehen als in Europa. Sprach's, nahm mir die Flasche aus der Hand und warf sie nochmals weg!

In Kampala hab ich schon Müllfahrzeuge gesehen, aber hier auf dem Land gibt es sie nicht. Manchmal fährt so eine Art Zugmaschine durch Masaka, die dann an den „Müllplätzen" hält und das, was Feuer, Müllsammler, wilde Hunde und Kinder übrig gelassen haben, auflädt und irgendwo hinbringt, wo es weiter verbrannt wird. Wo die Müllplätze sind? In den Außenbezirken der Orte? O nein, einfach da, wo einer seinen Abfall hinwirft, ein Zweiter dazu kommt und dann noch ein Dritter seinen Dreck ebenfalls bringt. Das kann auch direkt vor einem Haus an der Straße sein – wie praktisch, wir müssen mit unserem Müll nicht weit gehen, er liegt direkt vor unserem Haus! – oder ein paar Schritte weiter weg, aber immer direkt am Weg, wo täglich Dutzende Menschen daran vorbei gehen. Neulich hat sogar jemand an der Straße seine toten Hunde entsorgt: Der Sack, in dem er sie gebracht hat, befand sich daneben. Die Tiere lagen volle drei Tage direkt am Weg. Man konnte sehen, wie die Greifvögel darüber kreisten. Wenn ich einkaufen ging, musste ich daran vorbei.

Dieses Verhalten ist hier rechtens, es wird in den Schulen nichts oder kaum etwas anderes vermittelt. Die Eltern kümmern sich sowieso nicht darum, falls ein Kind davon erzählen würde, dass es auch anders geht.

Du gehst einkaufen, zum Beispiel Kasavamehl (gibt's nicht überall), blaue Seife, Spaghetti, nur diese drei Sachen. Im ersten Laden kaufst du das Mehl und vielleicht noch Zucker, du bekommst eine braune Plastiktüte. Im zweiten Geschäft fragst du nach Seife und Spaghetti. Damit die Seife den Geruch nicht überträgt, kommt sie in eine Plastiktüte, bevor sie in die nächste Tüte, wo die Spaghetti warten, gesteckt wird. Falls du jetzt noch irgendwo ein Brot kaufst – nächste

Tüte. Ein kleines Getränk für unterwegs? Tüte. Aber das ist ja nicht so schlimm, die wirfst du ja sowieso gleich weg samt der Flasche, wenn der Durst gestillt ist!

Ich erntete und ernte immer noch Lachsalven, wenn ich mit meinem roten Rucksack einkaufen gehe oder mit einer Tasche. Ich komme mir dann richtig blöd vor, denn wenn dich jemand auslacht sozusagen in „deiner" Sprache, ist das nochmal was anderes, als wenn über dich gelacht und gleichzeitig geredet wird, ohne dass du etwas verstehen kannst! Du spürst nur den Spott und fühlst dich nicht gut dabei.

Es gibt sogenannte Extensions, also Haarverlängerungen, womit man sich falsche Zöpfe machen lassen kann. Die Damen bringen zum Teil (ich lüge nicht!) zehn bis zwölf Stunden im Frisiersalon zu, niedergelassen auf einer Matte, um zwei oder drei Friseurinnen damit zu beschäftigen, hunderte (naja, dutzende) kleine Zöpfe zu flechten und mit den eben genannten Extensions aus Wolle oder Plastik zu verlängern. Wenn Madam Stunden später mit flach gesessenem Hintern endlich fertig ist, hat sie – je nach Stylistin – entweder so etwas wie ein Adlernest oder den Turmbau zu Babel auf ihrem stolzen Haupt. Wie sie schlafen kann, weiß ich nicht, aber ich weiß dafür, dass man die nächsten vier Wochen (solange hält das Zeug nämlich) die Haare nicht waschen kann!

Man sollte sich also nicht wundern, wenn man ab und zu einer Dame begegnet, die sich mit der Faust (oder auch der flachen Hand) gegen den Kopf schlägt: Es juckt sie nämlich die Kopfhaut und sie kommt dort nicht direkt hin, weil alles mit falschen Zöpfen verbaut ist. Clevere haben als Haarschmuck lange Nadeln, die sie einfach aus der Frisur ziehen, zielen und stochern. Den Gesichtern nach zu urteilen hilft's... Aber so nach etwa vier Wochen hilft kein Klopfen und kein Piksen mehr, und sowieso ist nun mal wieder Zeit für was Neues.

Also muss Madam wieder in den Salon und fängt schon mal auf dem Weg dorthin an, ihre Haare aufzuwirbeln. Das geht so nebenbei, spart Zeit und wenn man sowieso schon unterwegs ist...

Genau, die Straßenränder sind verziert mit verbrauchten Haarverlängerungen. Falls man einen Salon sucht, braucht man nur den Wollebüscheln zu folgen wie Hänsel und Gretel einst den Brotkrumen!

Ich würde mir für dieses Land auch oder vor allem ein neues Denken wünschen, das die gesamte Schöpfung mit Menschen, Tieren und Pflanzen einbezieht und in dem nicht Raubbau getrieben wird mit der Natur, um diese dann – verletzt wie sie ist – mit dem eigenen, stinkenden Müll zu bedecken!

Hier tritt so oft Arroganz bzw. Dummstolz der Menschen zutage, die sich über allem stehend betrachten. Das sind genau die Leute, die ich hier überhaupt nicht mag und mit denen ich auch schon mal ab und zu meine Probleme habe.

Business – very busy

Neben der bereits bekannten Redewendung „no problem" ist ein weiteres geflügeltes Wort „I am very busy", also jemand ist stark beschäftigt. Das kann ein dehnbarer Begriff sein, aber wenn jemand in Uganda „busy"ist, dann läuft was, dann wird was geschafft!

Die Situation hier im Land ist so, dass Schulen allerorten wie Pilze aus dem Boden schießen. Jeder Schüler versucht, irgendwie das Ziel zu erreichen, um eventuell studieren zu können. Die Makerere-University in Kampala ist eine der besten in ganz Afrika. Aber letztendlich gibt es hier einerseits die Ungebildeten, die des Geldes wegen keine Schule besuchen konnten oder nur einen unvollkommenen Abschluss haben, andererseits die vielen Studierten, die aber ohne Arbeit in ihrem erlernten Bereich genauso auf der Straße stehen, weil die Infrastruktur total am Boden liegt. Das muss man wissen, sonst stuft man die Menschen hier schnell als faul und träge ein (was es natürlich auch gibt).

So steckt eigentlich in jedem – ob mit oder ohne Bildung – der Wunsch, etwas Eigenes aufzubauen, also „an own business" zu haben. Das klingt nicht schlecht, ist es auch nicht. Gerade in Afrika ist diese „Wirtschaft von unten" sehr wichtig. Die kleinen und kleinsten Unternehmen sind es, die das Rad am Laufen halten. Allerdings möchten die meisten ihr eigenes Unternehmen in Kampala, der Hauptstadt, aufbauen, weil sie denken, dass sie von hier aus den besseren Anschluss an die große weite Welt, speziell den Westen, haben und sich ihnen mehr Möglichkeiten bieten. Nur, die Stadt quillt inzwischen über! Es ist ein brodelnder Hexenkessel mit hoher Kriminalitätsrate. Niemand weiß, wie viele Einwohner dort wirklich leben, auf jeden Fall sind es wesentlich mehr als die offiziellen drei Millionen.

Ich will jetzt aber vom Geschäftsleben in Masaka erzählen, weil ich mich da besser auskenne. Schließlich möchte ich nichts Falsches sagen!

Als ich in den ersten Jahren hierher kam, gab es lange Reihen großer

Bäume die Straße entlang, auf denen Pelikane und Marabus ihre Nesterhatten. Diese Bäume sind verschwunden, die Vögel mit ihnen. Sie mussten Platz machen für genauso lange Reihen von Geschäftshäusern, in denen sich viele kleine Shops unter einem Dach befinden. Das ganze wird „Complex" genannt. Genau genommen findet man in jedem dieser Complexe grob gesagt dasselbe Angebot: Apotheken, Handyläden, Schuh-Shops, noch mehr Handyläden, Elektrogeräte, Stoffe, Stoffe, Stoffe – ein Geschäft neben dem anderen und natürlich überall Kleider! Was es allein in Masaka an Kleidern zu kaufen gibt, ist unbeschreiblich. Das ist solch ein beliebter Faktor für die Selbständigkeit: Man fährt nach Kampala an bestimmte Plätze, wo die Container mit den gebrauchten Kleidern aus Europa ankommen, und kauft ein Bündel davon, verschnürt, verpackt, ohne zu wissen, welche Art von Bekleidung man erwirbt. Dieses Bündel bringt man dann im öffentlichen Taxi nach Masaka oder sonst wohin und versucht, es in einem angemieteten Shop, am Straßenrand oder auf dem Markt zu verkaufen. Leider hat nicht nur eine Person diese Idee, nein, es sind Dutzende, die oft direkt nebeneinander sitzen. Viel Gewinn kann hier eigentlich nicht hängenbleiben, abgesehen davon, dass keine eigene Textilindustrie existieren kann.

Es gibt auch Männer, die riesige Gestelle fabriziert haben, auf die sie Kleidung hängen und mit ihrem „Laden" auf dem Rücken durch die Gegend marschieren oder radeln, manchmal meilenweit in die kleinsten Dörfer. Da kann es schon mal sein, dass ein BH im Abendwind flattert! Eine andere Möglichkeit ist, dass man Hosen, Bettwäsche, Kochtöpfe oder auch nur einfach einen Korb voll Gemüse aus dem Garten auf den Armen oder dem Kopf trägt und so den einen oder anderen Käufer zu finden hofft.

Oder nehmen wir das Lieblingsprodukt der Ugander und Ugangerinnen: Schuhe! Es gibt ganze Viertel mit Schuh-Shops, einer am anderen. Die Auswahl muss groß sein, damit Madam Spaß am Kaufen hat. Der Verkäufer muss alle paar Wochen nach Kampala, um wieder neue Sachen einzukaufen, nicht, weil die „alten" verkauft sind, nein, er muss up to date sein.

Andererseits kann man in der ganzen Stadt verteilt Männer finden, die am Straßenrand sitzen und Schuhe flicken oder gebrauchte Schuhe auf Hochglanz polieren, um sie wieder zu verkaufen. Schuhe sind kostbar und werden dementsprechend behandelt. Ich kannte mal einen jungen Mann, der nie ohne Schuhbürste unterwegs war. Bevor er irgendwo eintrat, hat er sich erst die Schuhe abgebürstet. Und ich erinnere mich an eine Nonne, die bei mir in Deutschland zu Besuch war. In ihren Erzählungen zu Hause in Uganda über unser Land konnte sie nicht oft genug betonen, dass wir – im Sommer oder bei trockenem Wetter – eigentlich niemals Schuhe putzen müssen, weil bei uns alles so sauber ist. Das passt auch zum vorherigen Thema über die Verschmutzung.

Mit anderen Sachen ist es ähnlich, und es bleibt nicht viel hängen von einer solchen Selbständigkeit. Allerdings zeugt es von Eigeninitiative und dem Wunsch, ein besseres Leben zu haben, was natürlich lobenswert ist.

Die Ideen für ein eigenes Geschäft sind grenzenlos. Eine der kleinsten ist ein Kochtopf und ein Platz nahe des Taxiparks oder einer bodda-bodda-Station. Reis, Matoke, Erdnusssoße – viel mehr braucht ein ugandischer Magen nicht zum Glücklichsein! Die Investition ist gering, und wenn man sauber und gut kocht, steht einem (schmalen) Erfolg nichts im Wege, außer, es sitzen noch vier weitere Frauen an genau dem gleichen Platz und kochen. Dann überlebt nur die Beste.

Andere Idee: Zwei Steine, darüber ein Brett (es sollte nicht zu wacklig sein), darauf eine Ein-Liter-Cola-Flasche oder dergleichen (leer), dazu ein Trichter – man legt sich in den Hintergrund, um zu schlafen und wartet, bis ein Hupen den Schlaf unterbricht. Jetzt ist Kundschaft da! Man füllt die Flasche aus einem Kanister mit Benzin und schüttet es dann ins Auto des Kunden oder in den Tank des Mopedfahrers, eben soviele Flaschen, wie der Kunde Liter will. Um den Vorrat braucht man sich nicht zu sorgen, er reicht eine Weile, denn   die Ugander tanken nur das Allernötigste. Es ist also eine gute Möglichkeit, um Geld zu verdienen, vorausgesetzt, du hast keine oder nicht viel Konkurrenz (und bist Nichtraucher!).

Etwas anderes: Nähmaschine kaufen, einen Platz am Straßenrand suchen, Riemen festziehen und loslegen! Kundschaft kommt meist von selbst. Hier muss man allerdings aufpassen, dass nicht rechts und links von der Maschine ein Fleischer seinen Stand hat, der hier seine Rinder- oder Ziegenhälften zerlegt und verkauft. Sonst könnte es sein, der Kundin im neuen Dress laufen sämtliche freien Hunde hinterher, weil sie so gut riecht.

Ein weiterer sehr guter Einfall, erfolgreich praktiziert, ist das Vermieten von Zelten und Plastikstühlen. Allerdings erfordert dies eine etwas höhere Investition, denn man muss schon einen gewissen Bestand anbieten können. Wie bekannt, gibt es ständig was zu feiern oder zu betrauern, und es fehlt immer an genügend Sitzmöglichkeiten und Zelten. Ein Plastikstuhl kostet 20.000 Shillinge (rund sechs Euro), vermieten kann man ihn für 300 Shillinge.

Neulich habe ich auf dem Weg nach Busubizzi vom Taxi aus ein seltsames Gefährt gesehen. Es war ein bodda-bodda. Hinter dem Fahrer saß eine kleine, schmächtige Frau, wiederum dahinter waren so etwa zehn Plastikstühle am Moped befestigt. Der Taxi-Fahrer sagte zu mir „business-woman", und ich verstand. Die Frau war unterwegs zu einer Veranstaltung, für die man ihre Stühle angemietet hatte. Wenn man hier mal rechnet: zehn Stühle für a 300 Shillinge vermietet macht 3.000 Shillinge, das ist rund ein Euro. Ich hoffe, dass der bodda-bodda-Fahrer ihr Ehemann war und auch zum „Unternehmen" gehört, denn falls sie noch für den Transport bezahlen musste, war es ein Minus-Geschäft.

Generell kann man behaupten, dass Frauen die besseren Geschäftsideen haben, Frauen bleiben „dran". Frauen schließen sich auch gerne zusammen, um so mehr erwirtschaften zu können. Ich kenne eine Frauengruppe, die mit ein paar Stühlen angefangen hat. Inzwischen haben sie auch Zelte zu vermieten und bieten einen Catering-Service an. Außerdem züchten sie in den schwarzen Plastiktüten Pilze, sodass sich auch der Müll reduziert auf Dauer und gleichzeitig ein proteinreiches Gemüse heranwächst, wobei ich mir jetzt nicht sicher bin, ob Pilze zum Gemüse gehören. Sei es drum. Nebenbei haben sie einen flüssigen antiseptischen Reiniger aus hier wachsenden Kräutern entwickelt und betreiben zusätzlich Micro-finance, also so etwas wie eine kleine Bank, wo man einzahlen kann, wenn man etwas übrig hat, aber auch kleine Summen ausleiht, um weiter zu investieren. Was diesen Frauen nur noch fehlt, ist ein Auto oder ein eigenes bodda-bodda, um die Waren in den Supermärkten anbieten zu können. Und hier, an der Transportmöglichkeit, scheitert meist die tollste Geschäftsidee!

Im Gegensatz zu den Angestellten, denen ich hier manchmal begegne, sind die „Selbständigen" wirklich fleißiger. Die Angestellten haben nicht verinnerlicht, dass sie so arbeiten sollten, als gehöre das Geschäft ihnen.

Nehmen wir also mal an (schon wieder!), du betrittst ein x-beliebiges Geschäft, vorzugsweise einen Telefon-Shop, dort ist es besonders schlimm. Hinterm Tresen sitzt eine meist sehr junge Frau, Arme auf der Tischplatte, Kopf aufgestützt, Finger spielen am Smartphone. Du grüßt freundlich, was im besten Fall mit dem Heben einer Augenbraue quittiert wird. Wenn dir das Glück heute hold ist, erhebt sich die Madam und gibt dir das Gewünschte, ohne Gruß, ohne Kommentar, ohne danke zu sagen, ohne Lächeln. Halt, bevor sie dir den Gegenstand aushändigt, musst du ihr das Geld geben, klar.

Ist heute dein Pechtag, wird sie sagen „we don't have" (haben wir nicht), ohne überhaupt nachgesehen zu haben. Es kann auch sein, sie schickt dich mit einem Fingerzeig ins nächste Geschäft, was dann schon ein Übermaß an Hilfsbereitschaft darstellt.

Gerne sind auch die Apotheken mit solchen Frauen besetzt, die man am liebsten manchmal durchschütteln möchte.

Man tritt ein, geht an einen Schalter (verglast, fast wie in einer Bank). Ist man so gut erzogen wie ich, wird man grüßen, was zur Kenntnis genommen, aber meist nicht erwidert wird. Du schilderst dein Unwohlsein – keine Reaktion. Du fragst, ob es ein Mittel gibt. „Yes, we have". Aber sie holt das Medikament nicht. „Please, give me the medicine". „7.000 Shillinge". Das sagt sie so, als wolle sie dich mit dem Preis abschrecken, um sich nicht bewegen zu müssen. Ich bin schon wütend geworden und habe gefragt, ob sie meint, ich könne nicht bezahlen. Vergebens, stur bleibt stur, erst das Geld, dann das Mittel.

Dieses Nicht-Interesse kommt natürlich auch deshalb vor, weil die sowieso geringen Löhne oft nicht bezahlt werden und die Arbeitsbedingungen schlecht sind. Genau genommen werden die Frauen ausgenutzt.

Aber – wie schon gesagt – ich freue mich über jede Eigeninitiative und unterstütze gerne gerade Frauen dabei, ihre Ideen für ein eigenes Geschäft zu verwirklichen.

Und ich ziehe den Hut vor den fleißigen Frauen, die ihre Kinder alleine durchbringen müssen und nicht dauernd zu uns Weißen gerannt kommen oder warten, bis das Geld irgendwie vom Himmel fällt, sondern in die Hände spucken und etwas auf die Beine stellen, was zwar manchmal nur ein kleines, aber doch stetiges Einkommen bringt.

Transport und Verkehr

Das ist das heikelste Thema hier überhaupt, nämlich der Transport von Menschen und Gütern. Obwohl man sich wundern muss, dass es immerhin einigermaßen klappt, bei den schlechten Straßenverhältnissen, die hier herrschen!

Das Land wird in alle vier Himmelsrichtungen von einigen Straßen durchschnitten, die man mit etwas gutem Willen als „Autobahn" bezeichnen kann. Der Knotenunkt dieser Highways ist immer Kampala, die Hauptstadt. Willst du in den Norden, hältst du dich an die Nord-Autobahn, die dich in die größeren Orte bringt. Aber du hast niemals die Wahl, welche Straße du benutzen **möchtest,** denn es gibt immer nur die eine, die du benutzen **musst.** Als kleine Verdeutlichung soll folgendes Beispiel dienen:

Wenn ich von Masaka nach Mityana fahren möchte, muss ich zuerst 130 km nordöstlich nach Kampala. Etwa auf halber Strecke könnte ich normalerweise links abbiegen und wäre nach rund einer Stunde am Ziel. Aber es gibt keine Straße! Ich **muss** nach Kampala und von dort mehr nördlich quasi nach Westen, in Richtung Masaka zurück, weil es anders nicht geht. Wo nichts ist, kann man nicht fahren. Fazit: Zwei Stunden Masaka-Kampala, eine Stunde Kampala-Mityana. Abseits dieser „Haupt"-Straßen gibt es nur noch Wege, die nicht befestigt oder geteert sind. Man fährt auf der puren roten Erde – entweder im Staub oder auf aufgeweichten Wegen, je nach Jahreszeit.

Diese Wege, die wir nicht mal in dieser Art im tiefsten Bayrischen Wald haben, sind voller Löcher. In die größten passt gut und gerne ein Kalb. Eine Randbefestigung ist nicht vorhanden, es rutscht alles ab in die Tiefe. Ein Trip auf diesen Straßen kann ganz schön gefährlich sein, wie überhaupt das Fahren hier sehr abenteuerlich und halsbrecherisch ist. Die Strecke Masaka-Kampala ist die gefährlichste Straße in ganz Uganda und hat binnen sechs Monaten mehr als 100 Tote gefordert. Nun sind dort alle paar Kilometer Polizeiposten aufgestellt, aber keiner weiß, für wie lange.

Was macht das Fahren und Unterwegssein auf den Straßen so gefährlich? Das ist erstens und vor allem die undisziplinierte Fahrweise der Verkehrsteilnehmer. Was ist tagtäglich unterwegs? Wir haben hier PKWs, meist der Marke Toyota, die in Privatbesitz sind, natürlich auch große Range-Rover der verschiedenen Hilfsorganisationen. Es gibt die großen Überlandbusse, dann die Public Taxis (das sind 14-sitzige Minibusse), es gibt die bodda-boddas, Radfahrer und Fußgänger, dazu noch jede Menge Ziegen und Kühe, die am Straßenrand angebunden sind, um hier ihr Futter zu finden. Ach ja, und dann sind auch noch die „big lorries" unterwegs. Das sind LKWs, die Güter innerhalb Ugandas transportieren, aber auch Transit nach Tansania, Ruanda und in den Kongo. All diesen Fahrzeugen (vielleicht ausgenommen die privaten PKWs) ist eines gemeinsam: Sie sind eigentlich überhaupt nicht verkehrstüchtig und sicher. Das merkt man vor allem abends, wenn viele ohne Licht unterwegs sind. Wenn ein Auto eine Panne hat, bleibt es einfach stehen, wo es gerade ist. Das kann auch eine Kurve sein. Als Zeichen, dass da etwas ungewöhnlich ist, findet man abgerissene Äste auf der Straße. Diese veranlassen zu bremsen, damit man nicht in das stehen gebliebene Auto rast. Aber was ist nachts? Da kann man die Äste nicht früh genug erkennen und fährt in das unbeleuchtete Fahrzeug – das passiert dauernd.

Das zweite große Problem ist die permanente Raserei. Es wir überholt an Stellen mit zwei (!!!) durchgezogenen Linien. Es wird ebenso überholt in unübersichtlichen Kurven. Generell gilt, dass der Kleinere dem Größeren Platz zu machen hat bis hin zum Radfahrer, der letztendlich in den Straßengraben springt.

Um verreisen zu können, ist man entweder für weite Strecken auf die Überlandbusse angewiesen oder auf kürzeren Routen auf die Minibusse. Am Taxipark steigt man ein und hat dann zu warten, bis das Auto voll ist. Getreu dem Motto „einer geht noch" werden gut und gerne vier, manchmal auch fünf Personen mehr hineingedrückzum Beispiel Polizei steht. Ich habe folgendes erlebt: Unser Minibus war zum Bersten voll. Plötzlich hielt er in freier Landschaft, wie aus dem Nichts tauchten einige bodda-boddas auf, und alle Fahrgäste, die zu viel waren, stiegen aus und um auf die boddas. Wir fuhren weiter. Nach kurzer Zeit wurden wir von einem Polizisten angehalten. Es war alles in Ordnung, nicht überladen. Wir konnten unsere Fahrt fortsetzen. Etwa ein bis zwei Kilometer weiter hielten wir wieder an, die boddas mit den überzähligen Passagieren tauchten erneut auf, diese stiegen zurück in den Bus, und weiter ging es – überladen wie von Anfang an.

Sehr viele Taxifahrer haben gefälschte Führerscheine. Manche stehen unter Drogen, hab ich schon gehört, und ich vermeide so gut es geht Fahrten im Taxi.

Letztes Jahr, gleich nach Neujahr, wurde es mal ziemlich eng mit unserem Minibus. Unterwegs von Masaka Richtung Kampala hörten wir plötzlich einen Knall, wie einen Schuss, der Fahrer schrie auf, der Bus kam ins Trudeln und fuhr ungebremst Richtung Seitenstreifen. Mein Gedanke war „jetzt hat es uns erwischt". Im buchstäblich letzten Moment hatte der Fahrer das Fahrzeug wieder in der Gewalt und hielt an. Was war geschehen? Wir wurden von einem anderen Minibus überholt und zwar so eng, dass unser rechter Spiegel abgerissen wurde, die Splitter dem Fahrer ins Gesicht flogen und er kurzzeitig nichts mehr sehen konnte. Bis wir standen, war das andere Auto schon weit und breit nicht mehr zu sehen. Dies alles geschah ausgerechnet an einer Stelle, wo die Polizei gerade Kontrollen machte. Keiner sah sich bemüßigt, dem rasenden Taxi hinterher zu fahren. Der Schreck, den ich hatte, saß sehr tief für längere Zeit.

Wie hat mir doch früher das bodda-bodda-Fahren Spaß gemacht! Kreuz und quer durch Kampala, ohne Angst. Ich muss verrückt gewesen sein.

Stell dir vor: Eine Riesenstadt, ohne Ampeln und Fußgängerüberwege, das heißt, es gibt sie, aber es ist so, als wären sie nicht da. Du verstehst? Es gibt keine erkennbaren Verkehrsregeln, täglicher Stau, stundenlang. Das einzige, was sich in dieser Masse noch bewegen kann, ist ein Moped. Rechts an den Autos vorbei, links überholen, im toten Winkel der LKWs – du möchtest schreien, weil du denkst, es reicht nie im Leben, da vorbei zu kommen! Doch es reicht immer irgendwie, wenn auch knapp. Ich hatte bisher stets Glück, aber mittlerweile vermeide ich es, so gut es geht, weil ich mich einfach fürchte. Manche bodda-Fahrer sehen aus wie dreizehnjährige Jungs und sind auch wahrscheinlich nicht viel älter. Und was sie alles transportieren auf ihren zwei Rädern! Eine Person außer dem Fahrer? Diesen Luxus leisten sich nur ängstliche weiße Frauen älteren Semesters. Also, drei Personen zum Fahrer dazu sind fast normal, wenn die vierte Person ein Kind ist, geht das auch noch. Und dann die Frauen in ihren langen Röcken! Die müssen praktisch im „Damensattel" sitzen, also beide Beine auf einer Seite aufstellen, dazu noch den Rock festhalten, dass es schicklich ist. Jetzt noch ein neugeborenes Baby im Arm – und los geht's!

Ich sah Doppelbetten auf Mopeds, der Fahrer saß dann auf seinem Tank, abgestützt durchs Bett. Man kann Särge transportieren – welch trauriger Anblick! Einmal zählte ich auf einem bodda dreißig Steigen mit je 30 Eiern - das sind neunhundert Stück! Dazu hingen außerdem rechts und links am Lenker noch jeweils etwa zwanzig Hühner, alle kopfunter und an den Füßen zusammen gebunden.

Das Absurdeste, das ich je auf einem Moped sah, war eine Ziege. Der Fahrer hatte sie sich sozusagen um die Taille geschlungen, die Beine nach hinten. Der Sozius hielt diese Beine fest, und so kam das Tier zwar gestresst, aber sonst heil an Leib und Seele, dort an, wo es hin sollte. Hier zeigt sich mal wieder der Einfallsreichtum der Menschen. Geht nicht gibt's nicht!

Auch Reisen mit den Überlandbussen sind nicht wirklich zu empfehlen. Man muss hier ebenfalls warten, bis sie voll sind, und das kann schon mal drei oder gar vier Stunden dauern. Dazu wird eingeladen, was nur irgendwie geht, denn es werden ja auch gleichzeitig die Waren transportiert, die ein kleiner Geschäftsmann auf diesem Weg aus der Hauptstadt für seinen Laden holt. Von komfortablem Sitzen kann keine Rede sein. Entweder stehen die Füße auf einer Teppichrolle oder einem Sack Reis oder du hast neben dir eine Person, die ein Huhn im Arm hält und dir immer näher kommt, weil sie auf deiner Schulter ein kleines Nickerchen machen will.

Das Gute ist: Während des Wartens wird man versorgt mit allen Gütern des täglichen Lebens. Fliegende Händler kommen an die Fenster oder auch direkt in den Bus und bieten von Essen über Getränke bis hin zu Geldbörsen und Kondomen alles an, was nur denkbar ist und was man unbedingt auf dieser Reise zu brauchen hat!

Ist der Bus dann endlich gefüllt, gut gefüllt muss es wiederum heißen, geht's los: Fernseher an mit furchtbar blöden Musik-Videos, Lautstärke am Limit, dazu Kindergeschrei und laute Unterhaltung. Nicht zu vergessen die verschiedenen Klingeltöne der allzeit bereiten Handys, die munter mitmischen. Allerdings senkt sich alsbald Ruhe über die Gesellschaft, denn, wie ich schon sagte, nutzen die Ugander jede Möglichkeit zum schlafen. Das ist auch im Bus nicht anders. Einzig die Videos plärren munter weiter. Ja, wer reisen will, muss leiden, kann man hier fast sagen.

Worum du dir überhaupt keine Sorgen machen musst, wenn du verreist, ist deine Blase. Auf die und deinen hungrigen Magen wird jederzeit Rücksicht genommen. Ich selbst musste zwar noch nie "müssen" während einer Fahrt, aber durch vielfaches Zuschauen weiß ich, wie es funktioniert.

Zuerst muss ich noch sagen, dass in jedem Bus, Überland oder Mini, ein Conductor, also Aufseher, mitfährt. Dieser kassiert auch im Laufe der Fahrt das Fahrgeld. Nun stell dir vor, du sitzt als Passagier irgendwo in einem Minibus. Da ruft während der Fahrt der Mitreisende aus der letzten Reihe ganz rechts „Conductor, Susu!" (Susu ist das, was bei uns Pipi genannt wird.) Also wird der Straßenrand anvisiert und das Auto gestoppt. Man muss nun wissen, dass das Taxi nur über eine Schiebetür außer den beiden vorderen Türen verfügt, und zwar auf der linken Seite in Fahrtrichtung, also vom Fahrer abgewandt, denn wir haben hier ja Linksverkehr.

Die beiden anderen Fahrgäste in der hinteren Reihe müssen jetzt aufstehen und den Bus verlassen, damit der Mensch, der in der Ecke sitzt, aussteigen kann. Aber sie können dem Bus nur dann entsteigen, wenn der Gang frei ist. Ist er aber nicht, weil da zwar die Klapp-Notsitze sind, diese jedoch als vollwertige Sitze angeboten und genutzt werden. Also müssen jetzt noch mindestens drei weitere Leute aufstehen, um zusammen mit ihrem „Handgepäck", das auch aus lebenden Hühnern, einem Baby oder einem Karton mit piepsenden Küken bestehen kann, aus dem Bus aussteigen, damit der von ganz hinten ebenfalls zum Ausgang kommt.

Nun, der Verursacher des ganzen verschwindet um die nächste Ecke. Und wenn man schon mal draußen ist und warten muss, kann man ja auch bequem zugucken, wie der Mann sich erleichtert – gibt ja sonst nichts zu sehen!

Außer, wenn eine Lady im Gomez sich denkt „ich nutze die Gelegenheit ebenfalls, dann mag kommen, was will." Diese Dame lässt sich draußen sehr elegant in die Hocke nieder, breitet die vier Yards (3,60 Meter) Stoff ihres Gomez elegant um sich herum, drapiert hier und dort ein bisschen – es sieht aus wie Lotusblumen in allen Farben, wenn da einige Damen ihr kleines Geschäft verrichten. Alle fertig? Gut! In umgekehrter Reihenfolge wird nun das Taxi wieder geentert, um einige Liter leichter. Das gefällt mir hier, dass mit menschlichen Dingen so natürlich umgegangen wird.

Der nächste Halt lässt nicht allzu lange auf sich warten. Es gibt einige Stellen an den großen Straßen, wo sich Kochhütten etabliert haben, die Essen anbieten für die durchfahrenden Autos und Busse. Weil die Ugander ja furchtbare Angst haben, auf den 130 km nach Kampala zu verhungern, muss das Taxi mindestens einmal anhalten zum Essen fassen. Kaum steht es, wird es umschwirrt von Männern und Frauen, die mit gebratenen Bananen, Maiskolben, Spießen mit Fleisch und Obst sowie Getränken an die Fenster kommen, damit eingekauft werden kann. Das Angebot wird gerne angenommen. Deswegen riecht es auf der Weiterfahrt köstlich nach irgendwelchem gebratenen Fleisch, dessen Herkunft ich lieber nicht wissen will! Da man auch hier mit den Händen isst und keine Servietten vorhanden sind, werden die Finger gerne am Sitzpolster des Vordermannes abgewischt, ohne sich dafür zu schämen.

So etwa eine halbe Stunde vor dem Ziel wird der Conductor, der irgendwo in einer Ecke nahe der Tür mehr steht als sitzt (Platzmangel wegen Überladung) lebendig, denn nun geht es an das Kassieren des Fahrpreises. Alleine das ist es wert, einmal eine solche Fahrt mitzumachen!

Man erfährt vor dem Einsteigen, was die Fahrt kostet. Das kann unterschiedlich sein, je nachdem, ob es um Weihnachten herum ist, ob Ferien sind oder normale Zeiten. Aber man muss nicht beim Einstieg bezahlen, obwohl das wesentlich einfacher wäre, nur eben nicht so spannend. Also, der Conductor macht ein Zeichen, und jeder kramt in seiner Börse. Man reicht das Geld über die Köpfe der vor einem Sitzenden hinweg dem Geldeintreiber, der einem ja nicht entgegen kommen kann, weil er keine Möglichkeit hat zu gehen. Der Gang ist ja zu mit Notsitzen. Deshalb gibt man irgend jemandem, der vor einem sitzt, sein Geld in die Hand, welcher es weiter reicht, bis es am richtigen Ort ist. Das Wechselgeld kommt auf demselben Weg zurück, manchmal erst nach einer Weile, weil der Kassierer noch kein Kleingeld hat, aber immer an die richtige Person und in der richtigen Menge. Das ist phänomenal, wie sich die durchweg ganz jungen Männer die Gesichter der Zahlenden merken können und auch, dass der eine oder die andere Wechselgeld und wie viel davon zurück bekommen muss. Tolle Leistung!

Irgendwie hat man den Eindruck, dass die Ugander ständig unterwegs sind, hauptsächlich nach Kampala, denn von dort muss ja jeglicher Nachschub geholt werden für die alltäglichen Dinge des

Lebens. Hier ordert die Schuhgeschäfts-Inhaberin ihre Ware, der Klempner holt seine Rohre, der Bodenleger die Teppiche – alles muss meist via Taxi herangekarrt werden, da wirklich nur ganz wenige Leute einige Autos haben.

Für kurze Strecken innerhalb der Stadt gibt es auch PKW-Taxis, aber glaub ja nicht, dass diese bequemer sind. Ohne dass auf der Rückbank vier Leute sitzen, egal ob dick oder dünn, das spielt keine Rolle – und vorne zwei auf dem Beifahrersitz - wird auch hier nicht losgefahren. Ich hab mal erlebt, dass auf der Fahrerseite ein Fahrgast saß und auf dessen Schoß der Fahrer – glaube es oder lass es bleiben!

Selbst die Viehtransporter, die Rinder aus dem Westen zum Schlachten fahren nach Kampala, werden noch für Menschentransporte verwendet. Die sitzen dann oben im Gestänge über den Kühen, die wir zartbesaiteten Deutschen sowieso nicht anschauen können ohne Mitleid zu haben. Oder auch die LKWs, vollgeladen mit Bananenstauden, bieten immer noch den einen oder anderen Sitz- oder gar Liegeplatz, hoch oben auf der Ladung, sozusagen direkt unterm Sternenzelt. Wenn man solch einen Laster überholt, schaut man in lachende Gesichter und wird mit einem Winken gegrüßt.

Zu Feiern oder Begräbnissen werden auch gerne LKWs für den Transport der Lebenden und des Toten benutzt, weil es einfach keine andere Möglichkeit gibt, viele Menschen schnell von A nach B zu bringen. So kann es also durchaus sein, dass nach einem Totengottesdienst der Sarg auf einen Lastwagen kommt, zusammen mit den Trauernden, die ihn zur Begräbnisstätte begleiten und auch noch gleich die Kochtöpfe und Gerätschaften, die für das Essen notwendig sind, mit aufladen.

Nach diesen Geschichten fragt man sich jetzt bestimmt, auf welche Art man denn in Uganda einigermaßen sicher reisen kann? Am besten mit einem Privat-Pkw, dessen Fahrer im Vollbesitz seiner geistigen Kräfte und deshalb nicht zu leichtsinnig ist, oder mit einem Hire-Taxi. Das ist ein Auto, das man samt Fahrer mieten kann zu einem ausgehandelten Preis, der natürlich wesentlich höher ist als bei den Public Taxis. Die Garantie, heil am Ziel anzukommen, gibt es nicht, weil ja auch noch andere Autofahrer unterwegs sind, die rasen und sich undiszipliniert verhalten.

Auf keinen Fall schadet es, vor Antritt der Fahrt ein möglichst längeres Gebet zu sprechen, um den Schutzengel und alle Heiligen, die dafür zuständig sind, darüber zu informieren, dass man unterwegs ist.

Nächste Woche wage ich nochmals eine Fahrt nach Masaka in der Hoffnung, erst einmal gut dort anzukommen und später wieder heil und gesund hierher nach Busubizzi zurück zu kehren. Mögen mich St. Christophorus und der Erzengel Rafael beschützen. Amen.

Unser tägliches Brot

Zuerst einmal etwas ganz Positives für mich und meinesgleichen, die sich ebenfalls mit zu viel Speck auf den Hüften rumschlagen: alles Mollige ist in Uganda „beautiful" (wunderschön). Nun ja, ehrlich gesagt schockt es im ersten Moment schon, wenn man nach einem Jahr hierher zurück kehrt, der erste Bekannte auf dich zurennt und sagt „O you looks so fat!" (wörtliche Übersetzung: du bist aber fett geworden!!!) Diesen Satz als Kompliment zu nehmen, erfordert auf jeden Fall etwas Übung. Ich wollte es mal ganz genau wissen und hab zurück gefragt: „And? Is it a problem?" Die Antwort hierauf gefiel mir sehr, sehr gut: „You looks so beautiful!" (Du siehst wunderschön aus). Damit kann ich leben, gut sogar.

Fakt ist, dass ich hier regelmäßig während meines Aufenthaltes einige Kilos abnehme. Ich esse dreimal am Tag. Außer Zucker im Tee und Obst gibt es nichts Süßes, und die Lebensmittel sind naturbelassen. Hinzu kommt, dass auch die ständige Hitze den Hunger dämpft. Eine gute Freundin, Küchen-Psychologin, fügte noch hinzu, dass ich außerdem gesättigt sei, weil Uganda mich erfüllt. Lassen wir es mal so stehen. Auch damit kann ich leben.

Essen hat hier einen ganz anderen Stellenwert, Nahrung ist wichtig. Man muss nach einer Krankheit viel essen, damit man wieder zu Kräften kommt. Man muss spät abends essen, damit der Körper ohne Hungergefühl durchschlafen kann. Und man muss als Schwangere unbedingt buchstäblich für zwei essen.

Es gibt auch einige Menschen, die in ihrem Essen rumstochern wie Magersüchtige. Das ist die mir verhasste Spezies „junge dumme Frauen", über die ich schon öfter hier schrieb.

Solltest du so eine dabei haben, wenn du ein paar Leute ins Restaurant einlädst, kann es sein, sie macht die Serviererin verrückt, weil sie nicht genau weiß, was sie essen will. Kommt das Gewählte dann, telefoniert sie grad oder ist für eine Weile verschwunden. Später pickt sie lustlos darin herum und lässt das meiste stehen. Darüber muss ich mich dann ärgern, ehrlich gesagt. Aber das sind wirklich Ausnahmen.

Was niemand hier versteht, ist, wenn ich erzähle, dass wir wenig essen, weil wir schlank sein wollen. Das endet jedes Mal in Unverständnis und mit Lachsalven über unsere Dummheit. Aber, wie gesagt, die Beziehung zum Essen ist eine andere. Ich kann mir sehr gut vorstellen, dass hier bestimmt jeder schon Hunger hatte. Das ist der Unterschied zu uns und erklärt auch die Riesenmenge, die sich jeder auf seinen Teller lädt. Alle essen hier so, als wüssten sie nicht, ob es eine nächste Mahlzeit überhaupt gibt. Es werden Unmengen verdrückt, von meinem Blickwinkel aus gesehen. Selbst Kindern, denen man schöpft, wird der Teller so voll gemacht, dass ich denke, nie und nimmer wird der leer gegessen! Doch, er wird.

Die täglichen Mahlzeiten bieten kaum Abwechslung. Fangen wir mal mit dem Frühstück an. Ich erzähle, was es hier im Pfarrhaus gibt. Da steht ein Topf auf dem Tisch mit in Tomaten und Zwiebeln gedämpften Kochbananen. Im Gegensatz zu Matoke sind die Bananen fürs Frühstück ganz und nicht zerkocht. Dann haben wir eine Isolierkanne mit Porridge. Das ist irgendeine Getreideart, zu Mehl gemahlen und in Wasser aufgekocht. Sieht aus wie Trinkschokolade, schmeckt aber nach gar nichts. Man kann verfeinern mit etwas Zucker und einem Hauch Margarine, aber das macht hier keiner. Manchmal werden noch gekochte Kartoffeln angeboten sowie für jeden ein Ei, wenn uns jemand welche gespendet hat, oder auch mal ein Omelette. Ebenso stehen Avocados bereit (falls vorhanden), Weißbrot in Kastenform, Margarine, Honig, Marmelade. Der Honig wird auch gerne als Süße für den Tee genommen. Die Marmelade kommt aus Kenia und schmeckt so widerlich süß, dass man fast einen Zuckerschock bekommt. Ich verzichte darauf, oder ich koche selbst welche aus verschiedenen Früchten, die unvergleichlich besser schmeckt. Das Problem ist nur, dass ich hier so gut wie keine wiederverwertbaren Schraubgläser bekomme. Entweder ist der Honig oder die gekaufte Marmelade in kleinen Blechdosen oder in Plastikbehältern – beides nicht tauglich zum Einfüllen des heißen

Kochgutes!

Zu all diesen Köstlichkeiten gibt es je nach des Einzelnen Lust und Laune Tee oder Kaffee. Manchmal esse ich etwas von den gekochten Bananen, aber meist richte ich mir eine Schnitte Brot, belege sie mit einer normalen süßen Banane, esse mein Ei dazu und trinke Schwarztee mit frischem Ingwer, der hier in der Gegend angebaut und auf dem Markt verkauft wird.

Die Priester langen natürlich ordentlich zu, sie haben ja einen langen Arbeitstag vor sich. Natürlich ist das Frühstück längst nicht überall so üppig wie bei uns, aber etwas zu essen oder zumindest eine Tasse Tee gibt es fast überall.

Obwohl für viele Kinder die Morgenmahlzeit meist ausfällt und sie mit leerem Magen zur Schule kommen... Hierzu später mehr.

Die nächste Mahlzeit des Tages ist dann der Lunch, meist zwischen 13 Uhr und 14 Uhr. Daran hält sich eigentlich jeder. Selbst die Angestellten der Shops in der Stadt bekommen ihr Mittagessen dann vom Restaurant oder einer Straßenköchin geliefert. Das ist übrigens auch solch eine Idee für das eigene Business, denn man bringt Essen vom Restaurant in die einzelnen Geschäfte oder Büros und bekommt dafür eine Kleinigkeit an Geld.

Als Lunch gibt es oft Katogo, was man mit „Eintopf" übersetzen kann, aber es wird nicht alles in einem Topf gekocht, sondern es meint die Grundnahrungsmittel Matoke (zerkochte Bananen), Reis, Kasava (Maniok-Wurzeln), Poscho (aus Maismehl gekochter, schnittfester Brei), dicke Bohnen, Erdnusssoße. Wer genügend Geld hat, kann sich dazu noch Rind, Ziege, Fisch oder Huhn (alles in Brühe gekocht) ordern. Gegessen wird traditionell mit der rechten Hand, wobei die Finger kleine Klößchen formen, die alles zusammen halten. Ganz wichtig ist hier die „Soup", also die Brühe, denn sie gibt dem Matoke die gewisse Feuchtigkeit und auch etwas Geschmack. Leider wird hier nicht sehr raffiniert gekocht. Außer Salz sehe ich selten andere Gewürze. Es gibt auch einen Geschmacksverstärker zu kaufen, ähnlich unserem Soßenpulver, der ebenfalls manchmal Verwendung findet.

Ähnliches essen wir auch im Pfarrhaus zu Mittag, aber in unserer Küche von Jane gekocht, und die kann es gut. Für mich macht sie sehr oft Gemüse, weil ich das gerne mag. Die anderen Tischgenossen können ohne leben...

Natürlich kocht sie immer nach den Gegebenheiten, denn wir leben von den Spenden der Leute. Manchmal gehe ich zum Markt und kaufe Fisch, echten Victoria-Barsch, direkt und frisch aus dem See. Das ist dann schon fast ein Festtag. Das begehrteste Stück dabei ist der Kopf, hier wiederum die Augen, die besonders beliebt sind! Ein großer Fisch für vier Personen kostet etwa 6 Euro. Das kann ich ab und zu schon mal beisteuern. (Ansonsten gebe ich jede Woche eine bestimmte Summe zum Lebensunterhalt ab).

Abendessen (*supper*) wird generell meist sehr spät serviert, frühestens gegen 21 Uhr. Oft liegen dann die Kinder schon irgendwo in einer Ecke und schlafen hungrig, weil es ja auch keine festen Schlafenszeiten für sie gibt. Sie werden dann zum Essen geweckt, sind verschlafen, weinen, haben den Hunger übergangen... alles nicht so, wie wir es gewöhnt sind!

Supper unterscheidet sich kaum vom Lunch, außer dass man sich mehr Zeit nimmt und größere Portionen isst (wegen der Hungersnot, die im Schlaf um sich greifen könnte!)

Angeboten wird also wieder Matoke (ich kann ihn im Moment nicht mehr essen, Übersättigung), Reis, Irish Potatoes, verschiedene Wurzeln, vielleicht ein Huhn, Fisch oder Schweinefleisch (aber nicht jeden Tag), leider nur sehr wenig Gemüse, obwohl soviel davon wächst. Öfters gibt es auch Erdnusssoße, und hinterher haben wir immer noch reichlich Obst. Das ist aber beileibe nicht bei jeder Familie so.

Es ist ziemlich schwierig für uns Weiße, Ugander in Deutschland als Gäste zu haben. Unser sogenanntes „Kaltes Abendbrot"finden sie furchtbar, mit Brot und Wurst kann man sie jagen, Käse bringt sie oft zum Speien.

Du musst dir schon die Mühe machen, deinem ugandischen Besuch zweimal am Tag etwas Warmes zu servieren. Wenn du jetzt denkst: Okay, das ist einfach, ich koche am Mittag genug, damit ich für abends noch was habe – da hast du falsch gedacht! Der schwarze Gast wird seine breite Nase rümpfen, denn mit Aufgewärmtem kann er überhaupt nichts anfangen. Mittags und abends das gleiche Essen – kein Problem! – aber bitte frisch gekocht!

Ich kenne eine junge Frau, die in unserem Land Weinkrämpfe bekam, wenn man ihr das   Essen vorsetzte. Ihr Freund, der in Deutschland studiert hat und ein begeisterter Allesfresser ist, schämte sich für sie zu Tode.

Was ich selbst auch nicht so richtig verstehe, ist, dass ich hier in Uganda ab und zu jemanden treffe, der schon in Deutschland war und schaudernd erzählt, dass wir **jeden Tag** Brot essen würden. Was, bitte schön, ist mit jedem Tag Matoke, Reis und Bohnen???

Ein hier lebender Priester, Fr. Lawrence, war dieses Jahr in Polen beim Weltjugendtag. Es war sein erster Besuch in Europa. Er war privat untergebracht. Die Leute meinten es besonders gut mit ihm und überließen ihm ihr Wochenendhaus, worin er es sehr komfortabel hatte. Sie hatten ihm den Kühlschrank voll gepackt mit Lebensmitteln, allerdings ohne zu bedenken, dass er diese nicht kannte und die polnische Bezeichnung nicht lesen konnte. Hinzu kam noch, dass er keine Ahnung vom Kochen hat. Seine Hauptnahrung bestand nunmehr aus Brot, Äpfeln und Apfelsaft. Am vollen Kühlschrank beinahe verhungert – auch das soll es geben!

Einige Male im Jahr schlägt das Herz jedes ugandischen Magens höher: Das ist dann, wenn die Zeit der Grashoppers (Heuschrecken) gekommen ist. Hauptsächlich im November/Dezember ist ihre Zeit. Die Tiere werden durch starke Scheinwerfer in riesengroße Fallen aus aluminiumfarbenem Wellblech gelockt. Hier sind sie dann geblendet und können nicht mehr davon fliegen. Man reißt ihnen die Flügel und Beine aus (bei lebendigem Leib natürlich, schon Kinder machen das sehr gerne!), dann werden sie geröstet, und man isst sie nebenher wie Chips. Ich werde nie und niemals einen dieser Leckerbissen zu mir nehmen,

Das gleiche Problem habe ich mit den „White Ants" *(Flugameisen)*. Sie kommen nach der Regenzeit in der Dämmerung aus Löchern im Boden geflogen, streifen dann in der Nacht ihre silbern glänzenden Flügelchen ab und verschwinden zu Fuß. Die Menschen stehen mit Tüten an den Fluglöchern und fangen sie direkt, wenn sie aus dem Boden kommen. Auch sie werden geröstet, aber ich habe mit eigenen Augen gesehen, wie ein alter Mann auf dem Boden saß und sie von dort weg aß. Außerdem habe ich beobachtet, dass sich Fr. Denis eine Handvoll davon einschließlich Flügeln in den Mund steckte... Bäh! Und genau dieser Fr. Denis kann in Deutschland keinen Käse essen. Er findet ihn eklig, weil es alte Milch ist!!!

Ich sprach schon von den Büffets, die es überall bei Festen gibt. Hier hat man wirklich ein reichhaltiges Angebot zwar der üblichen Esswaren, aber es gibt dann auch verschiedene Gemüsesorten und diverses Fleisch. Leider ist das Rindfleisch hier nicht sehr gut. Es kann nicht abhängen mangels Kühlung. Deshalb hat es einen starken Eigengeschmack, den ich nicht mag. Porc – also Schwein – esse ich aber gern. Es wird sehr schmackhaft zubereitet. Obwohl das Fleisch direkt vom Tier weg an der Straße verkauft wird und manchmal dort ziemlich viele Fliegen herumschwirren, ekelt es mich nicht. Ich esse in Uganda mehr Fleisch als zu Hause.

Man kann sehen, dass der Mittelpunkt jedes Essens Matoke ist. Deshalb erkläre ich hier noch die Zubereitung (falls es jemand nachkochen will!). Die grünen Bananen – das ist eine andere Sorte als die, die wir kennen - werden als Staude mit vielen Früchten von der Mutterpflanze abgehackt. Die einzelnen Bananen werden dann geschält, je nachdem, wie viele Personen zum Essen da sind. Der Rest wird gelagert für später. Dann werden die geschälten Früchte in

Bananenblätter eingeschlagen. Dieses Paket wird in kochendem Wasserziemlich lange gegart. Um Zeit zu sparen, kann man in ein extra Bananenblätterpäckchen gleich zerstoßene Erdnüsse mit etwas Wasser geben und dieses kleine im großen Bananen-Paket mit-ziehen lassen.

Nach längerem Kochen (ca. zwei Stunden) wird von außen mit den Händen gegen die Bananen gedrückt, sodass sie zermatscht sind. Dann wird der Matoke, abgedeckt mit Blättern, auf dem Tisch serviert. Bei traditionellen Essen wird die Mitte des Essraumes mit Bananenblättern ausgelegt und der Matoke von der Hausfrau, die auf dem Boden kniet, an die Gäste verteilt. Diese sitzen ebenfalls auf dem Boden.

Tipp für Muzungu: Schau zu, dass ein Stuhl in der Nähe ist, denn dir schlafen nach kurzer Zeit die Beine ein und du fühlst dich mächtig unwohl da unten. Ansonsten – guten Appetit!

Hier bietet sich an, dass ich noch etwas zur Ernährung der Kinder sage.

Manche Kinder aus armen Familien bekommen nur einmal am Tag etwas zu essen, und zwar abends. Wenn sie in die Schule gehen, gibt es dort manchmal Frühstück. Ich unterstütze einen Kindergarten mit Geld, damit den Kindern um zehn Uhr eine halbe Tasse Porridge angeboten werden kann. Das ist – wie auch schon erwähnt – Maismehl in kochendes Wasser gerührt, etwas gesüßt. Man trinkt es.

Der Kindergarten St. Agnes hat etwa 120 Kinder zwischen zwei und sechs Jahren. Ich war einmal dabei, als gerade Frühstückszeit war. Das Bild hat sich mir eingeprägt für alle Zeit. In einer langen Reihe standen die Kleinen geduldig im Freien an der Kochstelle, wo sie ihren halben Becher Porridge bekamen. Mehr geht nicht, weil es sonst zu teuer wird. Dann setzten sie sich ins Gras und tranken ihre Tasse leer, in ganz kleinen Schlucken, damit es länger hält. Einige Kinder hatten eine Box dabei und etwas von zu Hause mitgebracht, aber nur sehr wenige waren so gut versorgt. Es war rührend und traurig zugleich mit anzusehen, wie die kleinen Händchen, die in ihrer Box etwas kalten Reis hatten, dieses Wenige teilten mit einem Freund, der nur auf sein Getränk zurück greifen konnte.

Die Kindergartenleiterin ist eine Freundin von mir. Sie hatte noch ein paar Scheiben Weißbrot und fragte die Kinder, wer noch Hunger habe. Sieben Scheiben Brot für mehr als 100 Kinder! Zaghaft gingen mehrere kleine Ärmchen in die Höhe. Da hat sie dann in kleinen Brocken noch das Brot verteilt. Keines der Kinder war unzufrieden, gelassen nahmen sie das Wenige an und aßen. Es ist die größte Sünde überhaupt in dieser Welt, dass Kinder Hunger leiden müssen!

In den Schulen ist es nicht viel anders, auch nicht in den Internaten, für die die Eltern ziemlich hohe Gebühren bezahlen müssen. Morgens gibt es ebenfalls Porridge zu trinken, mittags bekommen die Schüler Bohnen und Poscho. Bohnenkerne, nur in Wasser gekocht, mit etwas Salz verfeinert, ohne auch nur ein Gramm Fett. Poscho ist wieder Maismehl in kochendem Wasser, aber so dick, dass es eine feste Masse wird und geschnitten werden kann.

Dieses Essen gibt es tagtäglich mittags und abends über die ganze Schulzeit hinweg! Man stelle sich das vor!!! An Festtagen gibt es manchmal (nicht immer) Reis statt Poscho zu den Bohnen. Die Schulen haben meistens noch Kantinen, an denen man sich Brot oder anderes Gebäck dazu kaufen kann. Aber wer hat schon dass Geld für solchen Luxus? Nur ganz wenige.

Gestern hat mir Francis, ein junger Mann, der Priester werden möchte und gerade das Priesterseminar in Gulu besucht, erzählt, dass die Studenten dort sehr oft hungern müssen, weil es im Seminar nicht genug zu essen gibt. Er bat mich um etwas Geld, damit er sich ab und zu etwas dazukaufen kann. Natürlich gab ich es ihm gerne, aber innerlich zitterte ich vor Wut über diejenigen, die zulassen, dass junge Menschen auf dem Prieserseminar nicht genug zu essen bekommen! Wenn ich da an den Leibesumfang mancher Priester oder Bischöfe denke, wird mein Unbehagen noch größer…

An die Frühstücks-Szene im Kindergarten St. Agnes werde ich immer denken. Und wenn es das einzige ist, das ich für Uganda tun kann in Zukunft - ich werde dafür sorgen, dass ich die nötigen 30 Euro monatlich aufbringe, um wenigstens das Maismehl und den Zucker für die hungrigen Kinder in Busubizzi bezahlen zu können.

Gott segne die Kinder von St. Agnes.

Auf dem Markt

Bunt, laut, farbenfroh, voller geheimnisvoller Gerüche – so sind die Märkte überall auf der Welt, und jeder hat wohl seinen besonderen Charme. Das bestreite ich nicht, weil ich glaube, es gibt allerorten schönere Märkte als hier, aber der vielen Eindrücke wegen will ich doch das Marktleben in Uganda beschreiben.

In Kampala soll der angeblich größte Markt der Welt stattfinden, der Ovino-Market. Ich selbst war noch nie dort, hab mir aber sagen lassen, dass es für uns Weiße nicht unbedingt ratsam ist, dort hinzugehen, schon gar nicht ohne einheimische Begleitung.

Wenn man so will, ist Kampala selbst ein einziger, großer Markt. Überall – selbst am Rand der Bürgersteige – wird irgendetwas angeboten und verkauft. Manchmal nur Kleinigkeiten, des Hinschauens nicht wert, finden dort ihre Abnehmer. So trifft man zum Beispiel Frauen, die vor sich zehn oder zwanzig Kugelschreiber aufgereiht haben. Das ist das einzige, was sie anbieten, aber erfolgreich, so scheint es. Das kann ich auch verstehen, den es gibt nicht viele Männer in Uganda, die nicht einen Kugelschreiber und ein Handy in der Hand halten als Zeichen dafür, dass sie Geschäftsmänner sind!

In Kampala muss man schon sehr aufpassen, wenn man die Straße entlanggeht. Sonst tritt man vielleicht in Äpfel oder *sweeties* (Bonbons) oder Brot – es wird ja alles auf dem Boden direkt präsentiert. Dazwischen sitzen natürlich auch Bettler. Manche Familien legen ihre behinderten Verwandten einfach auf einer Matte auf den Bürgersteig in der Hoffnung, auf diese Weise durch das Mitleid der Vorübergehenden etwas Geld zu „verdienen".

Eine weitere gute Einkaufsmöglichkeit findet man direkt auf den Hauptstraßen, die die Stadt in die verschiedenen Himmelsrichtungen durchkreuzen. Hier steht man oft längere Zeit im Stau. Fliegende Händler kommen an den stehenden Fahrzeugen vorbei und bieten allerlei Dinge an. Von Zeitungen über Spielzeug, Obst, Armbanduhren,

Toilettenpapier, Schuhen, Seife, bis hin zu Kleidern– wenn man nur lange genug im Stau sich befindet, kann man einen Wocheneinkauf tätigen,ohne einen Fuß auf die Straße gesetzt zu haben!

Doch begeben wir uns weg von der Hauptstadt in eine kleinere Ansiedlung wie zum Beispiel Mityana oder Masaka. Hier gibt es einen festen Marktplatz. In Mityana ist dieser sogar gut betoniert und fast überall überdacht. Hier wird all das angeboten, was man zum täglichen Leben braucht. Man findet unzählige Stände mit Gemüse und Obst, schön aufgebaut in Pyramidenform, und man muss dann mindestens eine dieser Pyramiden kaufen. Denn Waagen gibt es nicht. Das aufgebaute Gemüse und Obst ist in Fünfhundert-Shilling-Schritten zu erwerben. Zwei Tomaten zu kaufen geht nicht, man muss mindestens die Pyramide für 500 Shillinge kaufen, oder zwei oder drei, je nachdem, wie viel man braucht. Je nach Angebot und Nachfrage bekommt man dafür etwas mehr oder weniger.

Die Frauen sitzen entspannt bei ihren Waren, sind meist sehr freundlich und immer bereit zu einem kleinen Schwatz.

Fischverkäufer präsentieren ihren frischen Fang von Tilapia und Wels direkt aus dem Victoriasee. In Mityana hat man inzwischen verstanden, dass es besser ist, den Fisch mit Bananenblättern abzudecken, damit die Unmengen von stets vorhandenen Fliegen nicht darauf landen können. An anderen Orten ist man leider noch nicht so weit. Den Fisch kann man sich gleich ausnehmen und in Stücke teilen lassen. Das kostet zwar einen kleinen Obolus extra, ist aber immerhin das Einkommen des Mannes, der diese Arbeit macht.

Um den Platz herum gibt es überall kleine Läden, die das übliche anbieten: Stoffe, Näharbeiten, Haushaltswaren, Kleider, Esswaren, Fleisch. Hier laufe ich immer schnell vorbei, denn die Innereien der Rinder liegen ausgebreitet auf Tischen und riechen nicht sehr gut (für meine Nase). Natürlich findet man auch wieder die unverzichtbaren Schuhe und Taschen in reichlicher Menge!

Der Markt in Masaka bietet eine Besonderheit. Hier ist zusätzlich zudem fest vorhandenen täglichen Angebot immer ab Donnerstag abends die Hölle los, denn freitags ist praktisch der Markt verdoppelt sozusagen. Denn dann wird die Hauptstraße unter- und oberhalb des Marktes einfach zusätzlich in der Mitte belegt mit besonderen Waren, die man nicht täglich in diesem Maß zu kaufen bekommt. Vorwiegend ist natürlich wieder das Bekleidungsangebot zu nennen. Es gibt dort einen Händler, der die schönen langen Schals anbietet, mit denen sich die Musliminnen verschleiern. Dort habe ich schon manches extravagante Stück erworben.

Auf der oberen Hauptstraße wird nochmals Obst und Gemüse in rauen Mengen dargeboten, und es ist fast unvorstellbar, welches Gedränge dort herrscht! Auch Gewürze und frischen Ingwer, der ganz in der Nähe ausgegraben wurde, sind zu finden, außerdem Heilmittel und Lavasteine, mit denen man so gut die Hornhaut an den Füßen weg bekommt.

Ich habe meine festen Stände, bei denen ich einkaufe. Die Leute erkennen mich wieder, wenn ich nach einem Jahr auftauche, und viele rufen mich bei meinem ugandischen Namen Nnankya. Oftmals bekomme ich eine Kartoffel mehr oder eine besonders schöne Ananas. Ich bin immer sehr freundlich und höflich zu den Menschen, das mögen sie. Als ich einmal krank war, schickte mir der Gemüseverkäufer eine Karotte, damit ich schneller gesund werde, und von der Hühnerfrau fand ein Ei den Weg zu mir... Das sind Sachen, die mich glücklich machen!

Drinnen im Markt ist ebenfalls fast kein Durchkommen. Jeder noch so kleine freie Platz ist belegt mit Bettwäsche, Handtüchern, Gardinen – meist second hand aus Europa. Ich warte jedes Mal darauf, meinen alten Gardinen hier wieder zu begegnen, die ich einst in den Container gab...

Hier findet man auch die Kleiderbündel-Verkäufer, von denen ich schon erzählt habe. Einer sitzt hier neben dem anderen. Neulich hab ich auch mal was gekauft. Fünf T-Shirts und zwei Röcke für 9000 Shillinge, das sind rund drei Euro. Meistens verschenke ich das dann, ehe ich zurückfliege nach Hause, oder ich deponiere es hier im Pfarrhaus, damit ich nicht soviel von Deutschland aus mitbringen muss.

Einmal in der Woche mindestens ist in jedem noch so kleinen Nest Markttag. Den buntesten, aber auch dreckigsten fand ich in Bethlehem, einem Flecken am Ende der Welt, wo man zum Telefonieren auf einen kleinen Hügel steigen muss, weil es sonst keinen Empfang gibt.

Bethlehem hat freitags ab 18 Uhr Markt. Das ist genau dann, wenn die Kühe von der großen Wiese in den heimatlichen Stall getrieben werden. Dann beginnt auf der verlassenen Weide der Aufbau der Stände. Dass hier die Tomaten direkt neben den noch fast warmen Kuhfladen platziert waren, hat außer mir niemanden gestört. Und mich eigentlich auch nur ein kleines bisschen, weil ich keine Tomaten gekauft hab!

Ja, ich will!

Letzte Woche erzählte mir ein befreundeter Priester, dass in seiner Pfarrei am Wochenende zuvor sechsunddreißig Paare getraut wurden. Fünfzehn hab ich auch schon erlebt, aber sechsunddreißig...

Hier werden die Hochzeiten „gesammelt", es gibt dann sogenannte Massentrauungen. Da es keine standesamtlichen Vermählungen gibt, muss die Trauung kirchlich dokumentiert werden. Die Urkunde wird am Ende der Trauung auf dem Altar unterschrieben und ausgehändigt. Ich sah mal eine Braut, die – Triumphschreie ausstoßend – glückstrahlend die Urkunde hin und her schwenkte. „Endlich hab ich ihn!"sollte das wohl heißen.

Ich erwähnte schon mal, dass nicht mehr so viele Paare heiraten, einfach, weil nicht genug Geld vorhanden ist, um die Braut gebührend „bezahlen" zu können und ein großes Fest zu feiern. Natürlich trifft die finanzielle Belastung den Bräutigam am meisten, denn die Braueltern lassen sich das Hergeben einer ihrer Töchter dementsprechend honorieren. Wenn eine Familie mehrere heiratsfähige Mädchen hat, kann man der Armut auf diese Weise etwas entkommen. Doch ich will der Reihe nach erzählen, was ich dazu weiß.

Das Werben und Kennenlernen ist eine sehr komplizierte Sache. Ich bin immer noch nicht ganz hinter den Ablauf gekommen. In dem Fall, dass hier um ein Mädchen gefreit werden soll, ist es wohl zuerst so, dass das Interesse einem Freund/einer Freundin der Angebeteten signalisiert wird. Diese Person spinnt dann sozusagen die Fäden und holt – wieder über Freunde und Freundinnen des Mädchens – Erkundigungen ein: Aus welchem familiären Umfeld es kommt, wie sein Ruf ist, ob es schon mal eine Beziehung hatte, ob es kochen kann – all das erfährt der Bewerber sozusagen second hand. Ob alles stimmt, ist kaum nachzuprüfen. Da die Ugander (speziell das Baganda-Volk) hemmungslose Tratschtanten sind, kommt auf diesem Weg einiges zusammen, was wohl nicht immer ganz der Wahrheit entspricht. Aufjeden Fall hält sich der Bewerber oder Interessent erst einmal aus allem heraus, es gibt kein direktes Fragen und Antworten. Die Direktheit im Reden, die wir kennen, gilt hier als unschicklich und wird nicht gepflegt.

So vergeht die Zeit, die beiden jungen Leute treffen sich dann halt mal „zufällig", gehen zusammen auf ein Bier oder ein Soda oder verabreden sich zum Gottesdienst. Gleiche Glaubensrichtung wird vorausgesetzt, ansonsten muss der Nicht-Katholik konvertieren, wenn daraus was werden soll.

Hat man so das Feld abgesteckt, geht es ganz traditionell weiter. Es ist sehr schwer, junge Uganderinnen wirklich zu verstehen, denn sie spielen gerne ihre Spiele. Das heißt, sie geben sich scheu, schauen anderen Leuten nicht in die Augen, lispeln ihren Namen fast unhörbar, geben sich züchtig und der Kultur entsprechend – aber sie sind knallhart, gehen aufs Ganze und wissen genau, was sie wollen bzw. nicht wollen. Mir sind sie nicht immer sympathisch, da sie zu allem noch manchmal über eine fast unerträgliche Arroganz verfügen. Aber vielleicht verstecken sie dahinter auch bloß ihre Unsicherheit einer Weißen gegenüber.

Also, der nächste Schritt ist dann, dass der Bewerber zusammen mit einigen seiner Familienangehörigen - hauptsächlich Onkels und Tanten sind hier sehr wichtig, vielleicht auch noch eine Schwester oder ein Bruder, aber auf keinen Fall die Eltern – bei der Familie der Braut vorstellig wird, um offiziell sein Interesse zu bekunden. Diesen Akt kann man getrost als Vor-Verlobung betrachten. Oft gibt es auch einen Ring für die Dame. Von da ab „gehen" die beiden miteinander und können Hochzeitspläne schmieden oder auch nach einiger Zeit ohne Trauschein zusammen leben. Meist kommt sowieso ziemlich schnell ein Baby.

Die Hochzeit plant man etwa ein Jahr im Voraus, allein deshalb, um an möglichst viele Spenden von Freunden, Verwandten und Bekannten zu kommen, denn sonst steht der Bräutigam dumm da.

Früher war bzw. ab und zu ist es noch immer so, dass die sogenannte

„Introduction" – Einführung – etwa ein Jahr vor der Hochzeit stattfand. Heutzutage ist dieses Zeremoniell sehr oft erst eine Woche vor der Trauung. Das ist dann die „richtige" Verlobung, die auch rechtliche Folgen haben kann bei Nichterfüllung des Eheversprechens zum Beispiel.

Die Introduction findet am Elternhaus der Braut statt, wo sich praktisch zwei Lager gegenüberstehen: Die Familie des Mannes, die Familie der Braut. Dazu gibt es zwei Moderatoren, die die jeweiligen Familieninteressen vertreten. Der Bräutigam sitzt irgendwo unauffällig bei seinen Verwandten. Nun tanzen Kinder herbei, die so tun, als würden sie ihn nicht sehen. Der Moderator preist ihn an wie saures Bier, die Gegenpartei kontert. Jetzt tanzen Halbwüchsige – erst Jungen, dann Mädchen – und finden den armen Mann wieder nicht. Dann tanzen die Freundinnen der Braut zusammen mit derselben, singen Loblieder auf sie und wollen sie nicht hergeben. Das alles gehört zum Spiel, es hat aber durchaus auch ernste Hintergründe.

Schließlich tanzt eine Reihe älterer Damen herbei, angeführt von der ersten Tante der Braut. Jetzt endlich wird der Bräutigam wahrgenommen. Die Tante geht zu ihm und setzt ihm einen hohen Hut aus Baumrinde auf. Nun darf er auch neben seiner Braut Platz nehmen, welche aber normalerweise keinerlei Emotionen zeigt.

Jetzt kommt der Part der Freunde und Bekannten des Bräutigams. Zuvor hat man außerhalb des Festgeländes alles abgeladen, was man als Brautpreis mitbringt. In einer Reihe gehend, bringen die Freunde nun paarweise die Geschenke dar. Das kann ein 5000-Liter-Wassertank sein, um das Regenwasser zu fassen, Matratzen, Lampen, Ziegen, vielleicht eine Kuh, Hühner, ein Kasten Bier, Wasserkanister und so weiter.

Den Gomez für die Brautmutter hat der junge Mann schon früher vorbeigebracht – so will es der Brauch. Ebenso ist es immer noch strenge Tradition, dass sowohl Schwiegermutter und Schwiegersohn als auch

Schwiegervater und Schwiegertochter nie zusammen alleine in einem Raum sein dürfen. Das gilt für die ganze Dauer der Ehe. Trau, schau, wem...

Also, man bringt die Geschenke dar. Während die männliche Seite johlt und klatscht über die vielen schönen Dinge, ist auf der Seite der jungen Frau eisiges Schweigen ausgebrochen über solche „Kleinigkeiten". Die Moderatoren versuchen, sich gegenseitig zu übertrumpfen, um dann – nach Stunden – endlich von beiden Seiten Zufriedenheit zu signalisieren. Mittlerweile ist es später Abend, die Mägen knurren, das Essen wartet – und Bananenbier gibt's auch reichlich!

Von der Braut bekommt man keinerlei Gemütsregung zu sehen; sie ist wie versteinert, als ginge sie das alles überhaupt nichts an. Weder lächelt sie noch berührt sie ihren Liebsten – und das wird morgen bei der Hochzeit bis zum Ende der Feierlichkeiten auch so bleiben!

Am nächsten Tag, Samstag, ist es dann soweit. Die Trauungen finden immer in bestimmten Kirchen oder Kathedralen statt, nicht in einer einfachen Dorfkirche. Wie gesagt, es wird oft gesammelt geheiratet, fast nie gibt es eine Einzeltrauung.

Eine der beliebtesten Hochzeitskirchen ist in Kampala Christ the king. Hier ist Freitag und Samstag praktisch non-stop Hochzeitsmesse. Aber wir bleiben in der Kleinstadt und sind heute in der Kathedrale von Kitovu/Masaka.

Meist beginnt der Gottesdienst um 12 Uhr mittags und endet – je nach Anzahl der Paare – keinesfalls vor 15 Uhr, eher später. Zelebriert wird wiederum von mehreren Priestern; ist das Brautpaar oder dessen Eltern lokal bekannt, gibt sich durchaus auch der Bischof die Ehre.

Die Brautautos fahren vor. Toyotas meist, ab und zu ein Mercedes, große Limousinen eben, mit breiten Bändern wie Geschenke geschmückt. Der Bräutigam ist manchmal schon da und wartet mit seinem besten Freund (*the best man*), der ihm an diesem Tag alles abnimmt, selbst das Abwischen des Schweißes von der Stirn. Außerdem ist er natürlich auch der Trauzeuge. Zu diesen beiden Männern gesellen sich noch zwei oder drei andere Freunde, alle gleich gekleidet wie der Bräutigam.

Nun endlich, endlich entsteigt einem der Wagen (die mit gebührender Verspätung anrollen) der Star des Tages: die Braut! Gewandet wie im Hollywood-Film, das Kleid meist geliehen, lang, weiß (selbst wenn schon einige größere eigene Kinder mitlaufen im Brautzug). Die beste Freundin ist dabei, drapiert, zupft, richtet, wischt der Braut den Schweiß von der Stirn... Dazu sind noch vier bis sechs Freundinnen präsent, alle gleich gekleidet, selbst die Schuhe sind identisch. Blumenkinder, so klein, dass sie kaum laufen können, aber mit Stöckelschuhen an den Füßen. Die gibt es hier schon ab Größe 28. Die Mädchen in weißen oder rosa Rüschenkleidern, die Jungen, noch die Windel in den Hosen, aber in Anzug mit Weste.

Nun erfolgt die Aufstellung. Der Bräutigam wartet entweder am Altar, wo ihm die Braut übergeben wird, aber meist zieht das Paar nach den Klängen des bekannten Hochzeitsmarsches im Paradeschritt nach vorne zum Altar. Linker Fuß hoch, rechter Fuß zurück, rechter Fuß hoch, linker Fuß zurück... Es sieht aus wie früher bei den Militärparaden der Ostblockstaaten. Auch die Kleinen müssen diesen Schritt halten.

Das Kleid der Braut ist traumhaft, die Haare so falsch, dass einem schwindelt, mit einem Diadem, das glitzert und funkelt, geschmückt. Armreifen in verschiedenen Größen und Formen sind über ellbogenlange weiße Satinhandschuhe gestülpt, die Finger in den Handschuhen sind frei und ebenfalls mit Ringen geziert. In Schuhen mit sehr hohen Absätzen stecken die müden Füße, auf den Wangen ist glitzernder Puder verteilt – aber kein Lächeln verschönt das Gesicht. Der Brautstrauß ist natürlich künstlich (welch schönes Wortspiel!). Manchmal leuchtet oberhalb des Einstecktuches des Bräutigams ein rotes Plastikherz auf im Rhythmus des Pulsschlages.

Die Zeremonie beginnt, bzw. die Messe fängt an, während der die

Trauung vollzogen werden soll. Vor dem Hochzeitsgottesdienst haben beide selbstverständlich gebeichtet, das ist Pflicht. Und es gibt nicht „nur Trauungen" in der Kirche, wie bei uns, Messe muss sein, ohne Messe keine Trauung, ganz einfach!

Irgendein Verwandter übergibt die Braut dann ihrem Ehemann. Hier hab ich mal folgendes erlebt: Ehemann, ca. 160 cm groß, 50 kg schwer, Braut 175 cm groß, ca. 100 kg schwer. Der Bruder übergibt die Braut mit ein paar freundlichen Worten, worauf sich der Bräutigam folgendermaßen bedankt: „Danke, dass du mir solch eine gute Maschine übergibst, sie wird sicher schwer arbeiten!" Alles hat geklatscht ob dieser Worte, nur ich habe mich fremdgeschämt.

Ich habe festgestellt, dass es von Vorteil ist, wenn die Braut ein Corsagenkleid trägt. Denn irgendwann im Laufe der Feierlichkeiten wird ihr garantiert ihr Baby zum Stillen gebracht. Jetzt braucht sie nur die Corsage nach unten zu klappen – sehr praktisch!

Später lüpft der Nun-Ehemann den Schleier seiner jetzt Angetrauten und küsst sie mit gespitzten Lippen, geradeso, als wenn sich zwei Kleinkinder küssen. Aber mit Küssen und anderem Drumherum hat man es hier sowieso nicht; gleich zur Sache, Schätzchen! Kein Wunder, dass die Frischvermählte immer noch nicht lächelt!

Irgendwann ist dann auch die längste Messe aus, alles rennt nach draußen, und nun kann man auch etwas hinter die Kulissen schauen. Manche Naht an den Kleidern der Brautjungfern ist offen, hier und da fehlt ein Knopf, ein Stück des Saumes hängt nach unten, und das strahlende Weiß des Kleides ist schon etwas angegraut – aber das alles tut nichts zur Sache und schmälert nicht die Freude an diesem besonderen Tag.

Nun machen sich die Gäste auf zu dem Ort, an welchem weiter gefeiert wird. Das ist entweder beim Haus der Neuvermählten, wo bereits die Zelte samt Bestuhlung aufgebaut sind, oder aber man trifft sich im Garten eines Hotels, ebenfalls in Zelten vom Verleih.

Man darf nicht glauben, dass sich nun die Sitzordnung ändert und man sich einfach irgendwo dazu setzt, o nein! Die jeweiligen Verwandten sitzen getrennt, das neue Ehepaar residiert auf einem Sofa, das herangekarrt wurde, die Braut sieht aus, als falle sie gleich von demselben (deshalb kann sie auch nicht lächeln), und die Brautjungfern haben inzwischen die Kleider gewechselt. Das werden sie im Laufe der Nacht noch öfters tun, einschließlich der Braut, die auch mehrere Variationen an Gewändern zur Verfügung hat. Soweit wäre jetzt alles gut. Es gibt aber auch die Variante, wo alle Gäste schon lange auf den Stühlen sitzen und warten, die Brautleute aber erst nach zwei oder drei Stunden eintrudeln – ehrlich! Die waren dann noch beim Fotografen oder haben unterwegs Freunde besucht, bevor ihnen in den Sinn kam: o, wir haben ja Gäste!

Sind endlich alle vereint am selben Ort, werden die Verstärker hochgedreht und ab geht die Musi für die nächsten acht bis zehn Stunden, und zwar nahezu pausenlos.

Aber zuerst gibt es Essen, normalerweise vom Büffet mit den üblichen lokalen Speisen. Ich hab aber auch schon erlebt, dass jeder der Gäste eine Papiertüte mit Pommes, gefüllten Blätterteigtaschen und einer Art Pfannkuchen in die Hand gedrückt bekam. Das ist sicher auch eine Frage des vorhandenen oder nicht vorhandenen Geldes.

Nach dem Essen wird die hohe Hochzeitstorte angeschnitten, zerhackt (Ugander sind im Kuchen aufschneiden total unbegabt) und auf Tellern herumgereicht, sodass jedermann mal kosten kann. Wer denkt, diese süße Verführung könne der Braut ein Lächeln entlocken, irrt sich schon wieder! Der unersetzliche Moderator redet sich heiser, fordert zum Tanzen auf, aber: Reihenfolge beachten! So tanzen beispielsweise zuerst die Arbeitskollegen des Mannes, später die der Braut, dann die Frauen der Brautverwandtschaft respektive die des Bräutigams, dann die übrigen Männer... Vielleicht wird nun die einzige Weiße aufgefordert, mitzutanzen, was diese linkisch und verlegen lächelnd hinter sich bringt.

O siehe da: Brautjungfern und Braut sind nun in rot, eben war es noch grün! Die müssen Überseekoffer dabei haben für die vielen Klamotten!

Nach einer kleinen Pause, in der nur die Bässe dröhnen und wummern, kommt Bewegung in die Runde. Das Paar stellt sich hinter einem Tisch auf, flankiert von seinen Freunden und ihren Freundinnen.

Das Volk stellt sich nach der Aufforderung des Moderators, der brüllt „make a line!"in einer Reihe auf und überbringt Geschenke. Hände werden geschüttelt, Glück wird gewünscht, bedanken, Geschenk abgeben in die Hände des Paares, diese geben weiter an die Helfer – und kein Lächeln der Braut!

Ich besuchte mal eine Hochzeit, bei welcher der Moderator die Umschläge, in denen man Geldgeschenke vermuten durfte, an sich nahm, sie öffnete und laut verkündete, wie viel wer gegeben hat...

Meist endet meine Anwesenheit etwa um zehn oder elf Uhr. Ich sehe die Blumenkinder in ihren nun schmutzigen und zum Teil zerrissenen Kleidern irgendwo auf einer Matte liegen und schlafen. Die Braut, jetzt in dunkellila, kann sich kaum mehr auf den Beinen halten, die Bässe der Musikanlage dröhnen ungehemmt durch die Nacht – man muss froh sein, wenn man weit weg wohnt, sonst begleitet die Musik einen bis zur Morgendämmerung. Deshalb stehe ich möglichst unauffällig auf und verlasse mit meiner Begleitung, durchs feuchte Gras der Festwiese im Dunkeln meinen Weg suchend, die Veranstaltung, während sich rechts von mir im Schutz der Finsternis ein Gast laut erbricht. Er wird nicht der letzte sein.

Von Stämmen und Clans

Einen kleinen Schritt zurück in die Geschichte Ostafrikas müssen wir machen, wollen wir die hier lebenden Menschen besser verstehen.

Zu Ende des 19. Jahrhunderts wurde in Berlin Afrika aufgeteilt unter den westlichen Staaten, die ein Stück vom Kuchen dieses bislang ziemlich unbekannten Erdteils haben wollten. Bis dahin gab es keine festen Landesgrenzen in diesem Gebiet. Am „grünen Tisch"fand also die Grenzfestlegung für einige Länder in Afrika statt, so auch für Uganda.

Der britische Premier Lord Salisbury, der bei dieser Afrika-Konferenz dabei war, schrieb später: *„Wir zogen Linien auf Landkarten von Gebieten, die nie ein weißer Mann betreten hatte. Wir schoben uns gegenseitig Gebirge, Flüsse und Seen zu."* Dem ist wohl nichts hinzu zu fügen.

Es war, als wenn man mit einem Bleistift auf der Landkarte herum malen würde, um dann zu sagen: Das ist jetzt Uganda! Bisher hieß ein Teil des Gebietes Buganda, also ließ man einfach das B weg, schon hatte das „neue" Land einen neuen Namen.

Uganda war und ist noch immer ein Vielvölkerstaat. Hier leben etwa 40 verschiedene Nationalitäten. Das Land hat ca. 38 Mio Einwohner. 17 % der hier lebenden Menschen gehören zum Stamm der Baganda. 84 % der Bewohner leben auf dem Land.

Wenn so willkürlich Grenzen gezogen werden, bedeutet das nicht automatisch, dass nun alle hier lebenden Stämme plötzlich „Brüder"sind oder waren. Dazu sind sie viel zu unterschiedlich, allein schon abhängig davon, in welchem Teil des Landes sie leben.

Die mengenmäßig größte Einwohnerzahl hatte wohl das damalige Buganda-Königreich. Da die Bagandas (Einwohner von Buganda) als die Intellektuellen galten und auch immer noch gelten, wurden sie schon Mitte des 19. Jahrhundert zu Verhandlungen mit den Missionaren hinzugezogen. Nach der Berliner Afrika-Konferenz war es wieder so, dass die Verhandlungen über die Aufteilung des Landes über die

Bagandas liefen.

Natürlich gab und gibt es weitere Stämme, die auch heute noch Uganda und seine Vielfältigkeit ausmachen. Ich kenne nicht alle, will aber verdeutlichen, warum es auch heute noch kein „unser" Uganda gibt oder doch nur sehr eingeschränkt. Wir wissen nun von den „gescheiten" Bagandas. Im Westen leben die Banyancole. Das sind Viehzüchter und Ackerbauern. Mehr im Nordwesten gibt es die Banyoro, die als Kämpfer und Krieger galten. Diese drei sind schon so unterschiedliche Ethnien, dass man sich vorstellen kann, wie gemischt die Bevölkerung und deren Kultur und Tradition sein muss. Jeder Landesteil hat somit seine spezifische Prägung. Auch beim Heiraten bleibt man am liebsten unter seinesgleichen, sodass es praktisch keine „natürliche"Vermischung gibt.

Alle Stämme hatten ihre eigenen Könige. Das ist zum Teil bis heute noch so, aber nach der Unabhängigkeit von den Engländern 1962 hatten diese Herrscher nur noch wenig zu sagen. Das ist im Buganda-Reich anders. Hier gibt es bis heute einen König (*Kabakka*). Ronald Mutebi II wird von den Menschen in seinem Gebiet auf manchmal geradezu groteske Weise verehrt. Er wird viel mehr geliebt als Präsident Museveni. Die Bagandas würden lieber heute als morgen wieder ein Königreich sein wollen und vom Kabakka regiert werden. Er tut sehr viel für sein Volk, aber in die Staatsgeschäfte und Machenschaften des Präsidenten kann und darf er natürlich nicht eingreifen. Er wurde sogar 2009 vom Präsidenten unter Hausarrest gestellt, weil er beim Volk so beliebt ist. Damals gab es bewaffnete Aufstände. Ich erinnere mich gut an das Chaos, das auch bei uns in Masaka herrschte, überall Polizei und Militär; Läden wurden geplündert, Häuser zerstört. Es wurde sogar auf Regierungsanweisung geschossen – wir hörten es bis in unserem Haus.

König Ronald ist etwas über 60 Jahre alt, hat in England studiert und verfügt über eine ungeheure Ausstrahlung. Ich habe ihn einige Male getroffen, einmal reichte er mir sogar die Hand!

Der Stamm der Bagandas lebt in Clan-Verbänden. Das ist hier in unserem Gebiet am verbreitetsten, nicht alle Stämme haben eine solche

Regelung.

Von Anfang an hat mich dieses Clan-Verhalten sehr beeindruckt. Leider gibt es nicht viel Schriftliches darüber, und wenn, dann nicht in englisch, sondern nur in luganda. Die Ugander halten ihre Geschichte durch Erzählen aufrecht; niedergeschrieben wird nicht sehr viel. Es gibt keine Schreibkultur.

Ich habe mein Wissen hauptsächlich durch Nachfragen und Erzählungen erworben, und das Wenige, das ich weiß, möchte ich hier gerne einbringen.

Wie viele Clans es gibt, weiß ich nicht, aber man kann es im Internet herausfinden, wenn es interessiert. Die meisten Clans sind nach Tieren benannt. Es gibt den Kuh-, Antilopen-, Elefanten-, Löwen-, Heuschrecken- und Affen-Clan. Wie gesagt, hier sind nicht alle genannt, es geht um die Struktur, die ich erklären möchte, weil sie so interessant ist. Um die Sache etwas zu verdeutlichen, gehen wir von dem Clan aus, dem ich angehöre durch meine ugandische Familie, die Mutebis. Das ist der Mmamba-Clan. Der Mmamba ist ein Lungenfisch, von der Ansicht her ähnlich wie ein Aal, also schlangenförmig (vielleicht auch deshalb der Name Mmamba?)

Obwohl die Clans untereinander selten oder gar nicht blutsverwandt sind, wird von jeher und auch heute noch darauf geachtet, dass Mitglieder desselben Clans nicht heiraten.

Aber wie weiß ich das, bevor ich mich verliebe und es zu spät ist? Ganz einfach und praktisch: Jeder Clan hat seine eigenen Namen, sodass man bereits bei der Vorstellung weiß: Finger weg! Oder aber: Freie Bahn!

Auch hier ein Beispiel. Ich bin Nnankya. Ben heißt Mutebi. Sein Bruder Nsubuga. Diese drei Namen findet man also nur bei den Mmambas.

Die Kinder, die geboren werden, gehören **immer** in den Clan des Vaters. Das Kind bekommt zwei Namen: Einen christlichen Vornamen und einen zweiten, Clan-spezifischen. Dieser zweite Name ist gleichzeitig so etwas wie bei uns der Familienname. Anfangs war ich irritiert, dass jedes meiner ugandischen „Geschwister" einen anderen „Nachnamen" hat. So also zum Beispiel Bernard Mutebi, Joseph Nsubuga, Christopher Kizito, Peter Mubiru. Wo sind die Frauennamen, wird man sich nun vielleicht fragen? Das ist supereinfach, aus jedem Männernamen lässt sich durch ein Voransetzten der Silbe „Na"ein Frauenname machen. Beispiel gefällig? Christine **Na**mutebi, Hellen **Na**nsubuga, Elizabeth **Na**mubiru. Aber es gibt auch eigene Frauennamen, z. B. meiner ist Nnankya (gesprochen Nantscha). Hier kann ich ja mal meine inzwischen erhaltenen Namen aufzählen und erklären:

NNANKYA   Das ist mein „Ehrenname", den mir Bens Papa verliehen hat. Es ist ein Mmamba-Name und bedeutet „die dem König dient". Die Mmambas waren also schon immer im Dienste der Kabakkas.

AKIIKI   Das ist mein persönlicher „Kraftname", den ich nutze, wenn ich power brauche für irgendeine Aufgabe. Er stammt von den Banyoro bei Fort Portal. Die Mutter des Mannes, der meine große Liebe war und leider letztes Jahr verstarb, gab ihn mir. Er bedeutet „die Reisende", oder „die, die kommt und geht".

ASIIMWE   Ist aus dem Bereich der Banyancole im Südwesten Ugandas. Ich bekam   ihn von einer Ordensschwester, die meine Freundin ist. Er bedeutet „von Gott geschickt".

NANSUBUGA Das ist nochmals ein Mmamba-Name, den mir eine Frau vor einer   Kirche verlieh, weil ich in meinem Gomez so schön aussah. Diesen Namen mag ich auch sehr, weil einer meiner „Brüder" Joseph Nsubuga hieß.

Er verstarb 2013. So fühle ich mich aber noch immer durch den Namen mit ihm verbunden.

Dass die Kinder dem Vater gehören, habe ich schon erwähnt. Falls ein Paar nicht zusammenlebt und die Frau kann aus irgendeinem Grund nicht so gut für das Kind sorgen, hat der Vater das Recht, es von der Mutter wegzuholen, sobald es entwöhnt und aus dem Gröbsten heraus ist. Diese Regelung, die für uns sehr brutal klingt, wird auch öfters praktiziert. Ich frage mich manchmal, ob das der Grund ist, warum manche Mütter keine so enge Beziehung, (wie wir sie zu unseren Kleinen haben) zu ihren Kindern aufbauen.

Andere Frage: Was ist, wenn ein Mann eine Frau schwängert und sich dann aus dem Staub macht? Und sie vielleicht nicht mal weiß, wo er wohnt? Tja, im Zweifel zu Ungunsten der Frau, muss man dann wohl sagen!

Clan-Namen sind aber auch Verpflichtung. So darf man das Tier, dessen Namen man repräsentiert, nicht essen. Für mich ist also Mmamba-Fisch tabu.

Jetzt noch eine Besonderheit in der Namens-Gebung: Zwillinge kommen sehr häufig zur Welt; die Menschen wissen nicht so recht, wie sie mit ihnen umgehen sollen. Sind sie ein Fluch oder ein Segen? Auf jeden Fall etwas Besonderes!

Deshalb bekommen die Eltern nach der Geburt der Twins andere Namen, das heißt. dass sich der Clan-Name ändert.

Ich wäre also nicht mehr Johanna Nnankya, sondern Johanna Nalongo (*Mutter von Zwillingen*).

Mein Mann hieße nicht mehr Gilbert Kabalega, sondern Gilbert Solongo (*Vater von Zwillingen*)

Das bedeutet: wenn man den Namen hört, verfällt man in Ehrfurcht. „Wow, Vater/Mutter von Zwillingen!!!" Und dann fügt man meist an, dass der Vater ein fleißiger Mann war. Ich wollte es schon widerlegen und sagte, nein, der Vater war faul, er hat nur einmal gearbeitet! Diese Behauptung unterließ ich ziemlich schnell, weil mir pures Unverständnis entgegenkam und Ugander generell keine Witze verstehen!

Nun machen wir die Sache noch einfacher bzw. komplizierter, je nach Blickwinkel: Auch Zwillinge haben spezifische Namen, sodass man schon von hundert Stunden Entfernung weiß: Aha, Zwilling, Erstgeborener!

Wie ich darauf komme? Also, aufpassen:

Die Namen, die ich hier aufgeführt habe, sind Clan-unabhängig, also überall dasselbe.

Beispiele:

Johanna Babiriye	=	Erstgeborene
oder		
Johanna Nakato	=	Zweitgeborene
oder		
Joseph Wasswa	=	Erstgeborener
oder		
Joseph Kato	=	Zweitgeborener

Bei Geburten von einem Jungen und einem Mädchen gilt das gleiche Muster. Diese Namensregelung für Zwillinge gefällt mir gut. Wenn allerdings mehrere Zwillinge in einer Familie geboren werden, hebt sich bei dem zweiten Paar diese Regelung auf. Sonst würden irgendwann ja alle gleich heißen.

Alle traditionellen Ereignisse in dieser Gegend hier fußen auf der Baganda-Kultur, welche sich immer noch als Königreich sieht.

Der König hat ein eigenes Parlament, einen Regierungssitz und wo immer er auftaucht, wird ihm mit allergrößter Hochachtung begegnet. Die Männer ziehen ihre Sakkos aus und legen sie vor ihn auf den Weg, damit des Kabakkas Fuß nur ja kein Erdreich betrete!

Alle Baganda-Frauen fühlen sich als Ehefrauen des Kabakka.

Es gibt eine traditionelle Stelle in Kampala, die Kasubi-Tombs. Das ist die Grablege der Baganda-Könige. Es war eine sehr schöne Anlage mit dem alten Palast der einstigen Könige, mit den Häusern für die Frauen des Herrschenden, mit alten Uniformen und ausgestopften Tieren, mit Dokumenten und Bildern. Irgendwann im Frühjahr 2010 wurde dies alles durch ein großes Feuer zerstört. Gleich wurde vermutet, dass dies ein Akt der bestehenden Regierung sei. Ob es stimmt, weiß man bis heute nicht. Nur die Gräber blieben unversehrt. Alles andere wurde inzwischen mit Spenden der Leute, einer großen Summe des Königshauses und auch mit Regierungsgeldern wieder aufgebaut, ist aber natürlich nicht mehr original. Schade, wenn solche Schätze vernichtet werden! Den Menschen blutete das Herz ob dieses Frevels, sie wurden an ihrer empfindlichsten Stelle getroffen.

Der König übernimmt auch Pflichten. Ich erinnere mich daran, wie er hier in der Nähe in einer Krankenstation eine Polio-Impf-Kampagne eröffnete.

Fr. Denis war im Empfangskomitee. Deshalb durfte ich ihn begleiten und davon profitieren, dass er selbst dem König sehr nahe kommen würde. Wir – das Volk – warteten auf den königlichen Konvoi. Überall hatten die Leute längs des Weges junge Bananenstauden zur Dekoration aufgestellt und mit Blumen verziert. Auch die Straße (oder besser der Weg) war extra ausgebessert worden, damit der königliche Körper nicht durchgeschüttelt werden sollte.

Alles war aufgeregt. Da – endlich! – das Auto des Kabakka. Für ihn wird immer ein riesiger roter Schirm mit Fransen aufgespannt, unter dem er wie unter einem Baldachin dahin schreitet. Genau in dem Moment, als der Wagen anhielt, begann es zu regnen. Kurzerhand musste die Zeremonie nach innen verlegt werden. Durch das Gedränge war ich kurz von Fr. Denis getrennt, bis er mir ein Zeichen gab, ich solle zu ihm kommen. Da stand ich also, und der leibhaftige Kabakka schritt direkt auf mich zu! Ich hatte meine Kamera schussbereit, ich wusste, er würde mir die Hand reichen, er kam näher und näher – und in meinem Kopf war nur noch ein Wort: Hofknicks!?

Will jemand wissen, wie es ausging? Ich fotografierte, als ich zum Knicks in die Knie ging und hatte später Kabakka Ronald Mutebi II. unterhalb seines Gürtels und in Gummistiefeln auf dem Foto! Aber **die** sah man nahezu perfekt!

Ich möchte noch etwas zur Nationalflagge Ugandas sagen. Sie hat die gleichen Farben wie die deutsche Flagge, aber in einer anderen Reihung. Schwarz-gelb-rot, in dreimaliger waagerechter Wiederholung. In der Mitte ist ein Kronenkranich abgebildet. Die Farben der Flagge bedeuten: Schwarz wie die Farbe der Menschen, gelb (oder golden) wie die Äquatorsonne, rot wie die Erde. Eine andere Deutung sagt, rot wie das Blut der Menschen, das die Erde tränkt.

Die ugandische Hymne hat einen sehr schönen Text, so hoffnungsvoll. Ich schreibe mal hier die erste Strophe auf:

Oh Uganda! May God uphold thee, we lay our future in thy hand.

United, free, for liberty together we'll always stand

Es gibt natürlich auch eine Baganda-Nationalhymne. Bei offiziellen Anlässen wird zuerst die Uganda-Hymne gesungen, dann die der Bagandas. Ich liebe diesen Song, und deshalb habe ich den Text immer in meiner Geldbörse und kann mitsingen, wenn's drauf ankommt.

So wie damals in Masaka, als ich verzweifelt versuchte, während einer bodda-bodda-Fahrt mit dem Fahrer ins Gespräch zu kommen. Er verstand nicht englisch, ich nicht seine Sprache. Bis ich auf die Idee kam, die Baganda-Hymne anzustimmen! Da kam der Mann aber in Fahrt! Weil ich nur zwei Zeilen des Textes auswendig kann, rasten wir durch die Stadt, immer diese beiden Zeilen wiederholend. Wir sangen laut, und wir sangen falsch, aber – ich schwör's! – der Mann hatte Tränen in den Augen, als wir am Ziel waren.

Ich schreib hier mal einen Vers, damit du sehen kannst, wie luganda klingt: .

Okuva edda n'edda eryo lyonna, eryo eggwanga Buganda.

Nti lyamanyibwa nnyo eggwanga lyaffe okwetoloola ensi yonna

Warum gibt es auf Erden keinen Frieden? Es wäre doch so einfach:Wenn jeder nur zwei Zeilen der Hymne seines Gegenübers kennen würde, wären nicht alle, aber doch einige unserer heutigen Probleme gelöst!

Weihnachten am Äquator

Frag einen Ugander, was für ihn Weihnachten ist, und er wird sagen: Die Messe! Das gute Essen!

Inzwischen ist hinreichend bekannt, dass Messe jeden Tag ist und das Essen mehr oder weniger täglich dasselbe. Trotzdem: Lassen wir ihm die Freude. Er definiert Weihnachten eben so, weil er es nicht anders kennt.

Die Messe am Heiligen Abend ist meist erst um 22 Uhr und unterscheidet sich eben durch die Geschichte der Geburt Jesus von allen anderen Messen, und sie dauert noch ein bisschen länger als sonst. Aber zur Erinnerung: Für uns Ältere war früher auch die Christmette um Mitternacht der Höhepunkt des Weihnachtsabends. Und es muss auch einen Grund geben, warum am 24. Dezember in Deutschland die Kirchen meist voll sind! Auch was das Essen betrifft, ist es bei uns nicht viel anders, es gibt eben auch von allem ein bisschen mehr als sonst.

Trotzdem fühle ich mich hier in Uganda an Weihnachten nicht am rechten Platz, was bestimmt mit unserer deutschen Rührseligkeit zusammen hängt. Wir verbinden mit dem Christfest halt immer die winterliche Gemütlichkeit, die flammenden Kerzen, Weihnachtsmärkte und was auch immer sonst noch. Aber das kann man schwerlich hier nachvollziehen, ist doch der Dezember der heißeste Monat im Jahr. Da hilft auch die Melodie des Eisverkäufers nichts. Er lockt zwar mit dem Song „Jingle bells" die Leute zu sich, wischt sich aber gleichzeitig sein schwitzendes Gesicht ab.

Dennoch, alles hier freut sich aufs Fest. Letztes Jahr hab ich versucht, nur Positives darin zu sehen. Also ab ersten Advent keinerlei Ablenkung durch Werbung, Weihnachtsmärkte, Sonderangebote – nur volle Konzentration auf das Kommen des Erlösers. Schließlich heißt Advent ja auch „Erwartung", wenn ich es richtig weiß.

Vier Wochen lang konnte ich mir noch einreden, wie schön es ist, keinen Stress zu haben. Aber dann der Heilige Abend erwischte mich voll mit Katzenjammer, Heimweh, Sehnsucht nach „unserem"

Weihnachten. Ich konnte nicht mal mitsingen in der Messe, von Klatschen ganz zu schweigen. Kein Wort brachte ich über die Lippen, war verstummt. Wem sollte ich davon erzählen? Wer hätte mich verstanden? Keiner. Alle hier im Pfarrhaus strahlten, waren voll Festtagsfreude, glücklich und zufrieden. Da konnte ich in meinem Selbstmitleid doch keinem erklären, wie unglücklich und direkt heimatlos ich mich fühle! Also blieb nur eines: Mitmachen und so tun als ob. Siehe da, am nächsten Tag ging es mir schon besser!

Wie gesagt, der Unterschied zum Alltag besteht darin, dass das Essen reichhaltiger ist als sonst, man wird auch genügend Fleisch haben. Es wird traditionell auf dem Boden sitzend gegessen in den Familien – natürlich auch dementsprechend getrunken. Leider ist Uganda auf der Liste der Länder, in denen der meiste Alkohol getrunken wird, ziemlich weit vorne. Dies ist generell ein Problem, nicht nur an Festtagen.

Nach dem Essen, das sich bis spät in den Nachmittag hineinziehen kann oder manchmal auch erst abends stattfindet, gehen die jungen Leute gerne in die Disco.

Der 25. Dezember ist ein Feiertag, unterscheidet sich aber nicht von anderen Sonntagen. Teilweise sind die Geschäfte geöffnet.

Am 26. Dezember ist der sogenannte „boxing day". In der Gegend um Masaka gehen die Menschen an diesem Tag gerne zum Lake Nabugabo, um mit Freunden beisammen zu sein, zu trinken und zu tanzen – zu feiern eben. Wenn man dann auf dem Nachhauseweg noch hungrig ist, kann man bis in die Nacht hinein gerne noch Grashoppers erstehen, kross gebraten, eine Lieblingsspeise der Ugander. Grashopperzeit ist im November und Dezember. Man kann sie frisch oder geröstet kaufen. Ich hab noch nie welche probiert und werde es auch nicht tun. Ein Gutes hat die Grashopperzeit: Da man zum Fangen der Tiere Licht braucht, haben wir in dieser Zeit nur selten Stromausfall.

Ja, und dann ist Christmas auch in Uganda schon wieder vorbei. Kirchliche Stellen haben meist bis zum 6. Januar geschlossen, Schulferien sind in dieser Zeit sowieso. Diese dauern bis Anfang Februar.

Die Krippen, die man in manchen Kirchen findet, werden abgebaut, die Dekoration wird abgehängt und alle erzählen, wie schön doch die Weihnachtszeit war. Und jetzt haben wir endlich eine Gemeinsamkeit, wir Deutschen mit den Ugandern: **Nach** Weihnachten ist **vor** Weihnachten!

Allgegenwärtig: GOTT

Katonda wird er hier genannt, auch Mukama, und natürlich auf englisch Lord. Sein Name ist allgegenwärtig und wird viele Male am Tag ausgesprochen: Der Name Gottes. Welch große Bedeutung der Glaube, Gott, das Gebet, hier für die Menschen haben, ist ein eigenes Kapitel wert. Und es wird ein langes werden am baldigen Ende dieses Buches. Jetzt gibt es wieder eine kleine Dosis Geschichtsunterricht des besseren Verstehens wegen.

Die ersten Missionare der Katholischen Kirche waren die Weißen Väter, ein Missionsorden, die 1879 mit ihren Booten bei Bugoma auf Ssese Island landeten. Diesem Tag wird immer noch jährlich mit einer Prozession und einem feierlichen Dankgottesdienst am Ort des Geschehens gedacht.

Es gab damals zwar schon Muslime in dieser Gegend, die eingewandert waren und ihren Glauben mitbrachten, aber sie missionierten nicht. Das taten die Weißen Väter. Man kann über das Missionieren durchaus geteilter Meinung sein. Ich bin auch nicht mit allem einverstanden, wie es lief. Aber die ersten Missionare sahen ihre Hauptaufgabe darin, für Schulen und Krankenstationen zu sorgen und erst in zweiter Linie zu taufen. Das Taufen ergab sich dann praktisch von selbst. Heute sind 85 % der Bevölkerung (gesamt 37,8 Mio) Christen, davon rund 42 % Katholiken.

Leider wurde zur Zeit der Missionare versäumt, den Menschen genügend Zeit zu lassen, sich von ihren bisherigen Natur-Religionen zu lösen. Aber das war der damalige Trend: Getauft, katholisch, alles andere ist vorbei. Doch es ist eben immer noch nicht vorbei. Es gibt Bewegungen, die den Natur-Religionen nahestehen und z. B. Bäume anbeten. Es soll sogar praktizierende Christen geben, die „zweigleisig" fahren. Genaueres weiß ich hierüber nicht, aber es ist durchaus vorstellbar, denn es gibt ja auch bei uns katholische Esoteriker...

Nun zurück zu den Ursprüngen der katholischen Kirche, hier kenne ich mich besser aus. Deshalb schreibe ich nun über die Katholiken zu der Zeit der Missionare.

Damals (1884-1903) regierte im heutigen Kampala ein König namens Mwanga II, ein grausamer Herrscher, wie wir noch erfahren werden. Er hatte viele Frauen und einen riesigen Hofstaat, darunter auch etliche junge Pagen, von denen er einige schon mal „auf Verdacht" kastrieren ließ, damit sie seinem Harem nicht gefährlich werden konnten.

Unter diesen Pagen war ein junger Mann namens Charles Lwanga, der getauft war und somit der neuen Religion angehörte. Er war der „Hauptpage" und gut und gerecht. Deshalb nahmen in einige der anderen zum Vorbild und ließen sich auch taufen. Sie hingen nun also ebenfalls der neuen Lehre Jesu Christi an. Gott nannten sie in ihrer Sprache MUKAMA, was auch gleichzeitig soviel wie Herrscher, König, bedeutet. Als Mwanga II. herausfand, dass die Diener außer ihm noch einen anderen Mukama verehrten, untersagte er ihnen die neue Religion und befahl, zu der bisherigen zurückzukehren. Doch Charles Lwanga und die anderen weigerten sich. Also tat der König das, was Leute gerne tun, um ihre Macht auszuüben: Er ließ insgesamt 24 seiner getauften Pagen auf unerhört brutale Weise töten. Ich habe in einem Buch ein Verzeichnis gesehen über die einzelnen Tötungsarten, welche bei wem angewendet wurden: Kastriert, mit dem Speer getötet, geviertelt, die Gliedmaßen abgetrennt, den Hunden zum Fraß vorgeworfen, verwundet in der Wildnis liegengelassen. Es ist unvorstellbar, was sich hier zwischen dem 15. November 1885 und dem 27. Januar 1887 zugetragen hat!

Jedenfalls wurden diese 22 katholischen und 2 anglikanischen Männer 1920 selig und am 8. Oktober 1964 heilig gesprochen. Sie sind als die „Ugandischen Märtyrer" oder als „Charles Lwanga und Gefährten" im katholischen Heiligenkalender vermerkt. Ihr Gedenktag ist der 3. Juni.

Was sich Jahr für Jahr Ende Mai/Anfang Juni in Uganda abspielt, muss man erlebt haben.

Nahe der Stelle, wo zuletzt die Überreste der Leichen verbrannt wurden, ist ein Platz, genannt Namugongo. Das ist heiliger Boden für jeden Ugander, nicht nur für die katholischen. Es gibt dort eine Kirche, die den Märtyrern geweiht ist. Im Boden unter dem Altar ist die Asche der verbrannten Überreste beigesetzt. Jedes Jahr am 3. Juni wird dort in einem spektakulären Gottesdienst der mutigen Männer gedacht, die für ihren Glauben in den Tod gingen. Es ist der „heiligste"Tag für jeden gläubigen Ugander.

Als ich 2015 zum ersten und bisher einzigen Mal dabei war, waren etwa 3 Mio. Menschen anwesend!

Manche ziehen schon zwei Wochen vorher los – zu Fuß, am Rand der großen Straßen pilgernd. Übernachtet wird in Pfarreien. Sie pilgern aus allen Landesteilen herbei, manche sogar aus Kenia und Tansania, nur um ein Stück der Strapazen auf sich zu nehmen, unter denen die jungen Pagen damals zu leiden hatten.

Es ist nicht „nur"eine Messe, die dort am Gedenktag statt findet. Natürlich gibt sich auch Mr. Museveni, der Präsident Ugandas, die Ehre. Hohe Gäste aus dem übrigen Afrika, aber auch aus Europa und Amerika, sind ebenfalls vertreten. Die Verantwortung für den Ablauf hat jedes Jahr eine andere Diözese. Dieses Jahr war es „meine" Diözese Kiyinda-Mityana, was natürlich jede Menge an Organisation und auch an Geld abverlangt hat.

Nach dem Gottesdienst, der gut vier Stunden dauert, leert sich relativ schnell das Gelände, aber die Stadt ist verstopft. Die meisten Fußwallfahrer kehren erst nach einigen Tagen heim. Tagelang nach dem 3. Juni quillt Kampala immer noch über.

Der Gedenktag der Märtyrer ist natürlich **der** Tag im Kirchenjahr. Doch letztes Jahr gab es noch ein anderes Highlight: Der Besuch von Papst Franziskus Ende November 2015. Auch dieses Event fand auf dem

Gelände Namugongo statt. Ich durfte es ebenfalls erleben. Für die Menschen hier bedeutete es sehr viel, dass Papst Franziskus uns besuchte. Er ist ihr Hoffnungsträger schlechthin.

Als Beispiel dafür, w i e die Menschen hier glauben, kann ich erzählen, dass ich selbst nach der Papstmesse eine sehr gefragte Person war für alle, die nicht direkt dabei sein konnten: Weil ich vom Papst gesegnet war, kann ich jetzt auch etwas von diesem Segen abgeben an alle, die mir begegnen. Kindlicher Glaube, aber schön!

Worüber man sich hier in Uganda keine Sorge zu machen braucht, ist der Nachwuchs von Priestern und Nonnen.

Das ist ein Riesenunterschied zu uns. Wenn bei uns das Kind einer Familie Priester oder Schwester werden möchte, fallen die Eltern gewöhnlich fast in Ohnmacht und raten erst einmal dringend von diesem Vorhaben ab. Nicht heiraten, keine eigene Familie, immer für die andern da sein – warum willst du dir das antun? So ist es vielleicht nicht immer, aber sehr oft.

Ganz anders hier. Erst einmal sind die Eltern ganz furchtbar stolz auf den Entschluss ihres Kindes. Schließlich profitieren auch sie von der Ehre, Eltern eines angehenden Priesters oder einer Nonne zu sein. Sie erhoffen sich dadurch natürlich auch ein besseres Leben, denn noch immer geistert der Glaube durchs Volk, Priester hätten mehr Geld, wären reich. Das stimmt nicht, zumindest nicht für die in der „unteren Kategorie", also die normalen Pfarrei-Priester. Der Priester muss von dem leben, was ihm die Gemeinde zukommen lässt. Lebt er in einer armen Gemeinde, sieht das schon mal nicht so gut aus. Er hat natürlich vielleicht mehr Möglichkeiten, an Geld zu kommen, wenn er vielleicht Kontakte zu Weißen hat oder in Rom studierte.

Schwestern oder Nonnen sind eigentlich immer arm. Sie arbeiten als Lehrerinnen, Krankenschwestern im Hospital oder in einer dörflichen Krankenstation und leben im Konvent, wo sie zwar all das bekommen, was sie zum Leben brauchen, aber das kann auch mal mehr, mal weniger sein. Hier kommt es auch auf den Orden an.

Ich habe schon viele Schwestern unterschiedlicher Kongregationen kennengelernt, Manche machten auf mich einen glücklichen Eindruck. Es gibt aber auch verbitterte Nonnen, die mir irgendwie frustriert vorkommen. Sie wollen immer bevorzugt behandelt sein als „woman of God", scheint mir. Doch gerade, wenn sie nach Deutschland kommen, werden sie fast als ganz normale Frauen angesehen, was sie dann nicht verstehen. Hier in Uganda üben sie gerne Macht aus, besonders über Kinder. Ich stelle es mir sehr schwer vor, zusammen mit einigen anderen Frauen in einer Gemeinschaft zu leben. Geht das wirklich immer gut oder ist manchmal auch Zickenkrieg?

Auf jeden Fall gibt es Schwestern in Hülle und Fülle, und so manche wird ein Leben in einer klösterlichen Gemeinschaft einem mühsamen Frauenleben in einem Village mit neun Kindern und einem abwesenden Mann vorziehen!

So, wie der Trend gerade ist, werden wir in Europa nun von Afrikanern und Indern missioniert, die als Ferienvertretung in mancher deutschen Pfarrei tätig sind.

Dass die Kirchen hier immer voll sind, muss ich wohl nicht extra erwähnen. Kinder werden von den ersten Lebenstagen an mit gebracht und lernen so, stundenlang ruhig zu sitzen und still zu sein. Manchmal denke ich, dass es bei uns auch so sein sollte. Es war früher üblich, die Kinder mitzubringen, bis man auf einmal dachte, dass das Kind stört. Darum ließ man es schließlich zu Hause. Daraus hat sich dann entwickelt, dass wir unsere Kinder nicht mehr zum Gottesdienst zwangen (wie es bei der älteren Generation noch gemacht wurde), nein, wir ließen ihnen die Freiheit, zur Messe zu gehen oder nicht. „Oder nicht" wurde meistens daraus.

Gut, manchmal denke ich auch, hier in Busubizzi ist Schülergottesdienst um 6 Uhr morgens – muss das sein? Dann aber überlege ich, dass die Kinder ja auch gar nichts anderes kennen. Wenn man dies bedenkt, sieht die Sache schon anders aus!

Kommunion- und Firmvorbereitung ist hier Sache der Priester und Katechisten, die in jeder Pfarrei ihr Werk tun. Auch die Beichte wird immer noch sehr gut angenommen.

Letzte Woche machten wir von Busubizzi aus eine Fußwallfahrt zur Kathedrale nach Mityana (ca. 10 km), um durch das „Tor der Barmherzigkeit zu gelangen und eine Messe zu feiern, ehe das Tor dann wieder verschlossen wird Ende November. Zuvor war noch allgemeine Beichte angesagt. Das sah dann so aus, dass sich auf dem Rasen des Kathedral-Platzes Priester, auf normalen Stühlen sitzend, bereit machten, die Beichte abzunehmen, während sich überall Schlangen von Männern, Frauen und Kindern bildeten, um draußen in der frischen Luft, vor den Augen aller, sich neben den Stuhl des Priesters zu knien und um die Absolution zu bitten. Es dauerte rund eineinhalb Stunden, bis die Beichte vorüber war. Nach meiner Schätzung waren mindestens zehn Priester zugegen... Aufgefallen ist mir dabei, dass überwiegend Frauen gebeichtet haben, was ich nicht verstehe...

Ein weiterer schöner Brauch, bei uns längst vergessen, ist donnerstags die „holy hour", also die Heilige Stunde, in der nach unserem Glauben Jesus wahrhaftig in Brotgestalt in der Monstranz gegenwärtig ist. Auch da ist das Gotteshaus gut besucht, angefangen vom Schulkind bis zur alten Frau, die eine Stunde Fußweg hinter sich hat. Immer wieder ergreifend sind für mich das „Tantum ergo" und der eucharistische Segen. Ich glaube ganz fest, dass Jesus da ist und auf mich wartet – da muss ich doch einfach hin!

Welche Probleme ich auch immer mit Weihnachten in Uganda haben werde – **ein** Sonntag im Jahreskreis entschädigt für alles und ist umso vieles schöner als bei uns zu Hause. Das ist der Palmsonntag!

Schulklassen mit ihren Lehrern, eine Riesenmenge Leute, alle mit echten Palmwedeln ausgerüstet auf dem Weg zur Kirche, vorneweg so um die zehn Priester oder auch mehr – wer es nie erlebte, weiß nicht, was er versäumte!

Karfreitag sind es dann die Kreuzwege, die gegangen werden, mit Holzkreuz in Originalgröße, abwechselnd getragen, auch eine Besonderheit.

Aber für mich ist eigentlich jeder Gottesdienst etwas Besonderes, weil ich mich hier in Uganda Gott viel näher fühle, auch wenn ich nicht weiß, warum. Wenn die Menschen hier sagen „ich bete für dich", ist das ernst gemeint. Ich spüre eigentlich immer in Deutschland die Gebete meiner Freunde von hier, und ich fühle mich getragen, behütet und aufgehoben. Diese Gebete sind wie ein Netz unter mir, das aufgespannt ist und in das ich mich getrost fallen lassen kann in der Gewissheit, ich werde geliebt. Gott sorgt für mich, was soll ich sorgen...

Ganz so einfach ist es natürlich nicht immer, aber ich habe hier in Uganda ein ganz großes Stück Gelassenheit gelernt, mich nicht immer auflehnen zu müssen und zu „machen", sondern vertrauen zu dürfen in die Liebe Gottes, der unser Vater ist und der möchte, dass wir „das Leben in Fülle haben". Katonda webale, Amina. Dank sei Gott, Amen.

Aus meinem Masaka-Tagebuch

Ich habe mir vorgestellt, dass hier der richtige Platz ist, um noch einige Anekdoten einzubringen, die ich während meines zweijährigen Aufenthaltes und auch noch später in Masaka erlebt habe.

Da ich bis hier ziemlich viel über die Menschen und ihre Art zu leben geschrieben habe, wird man diese Geschichten nun wohl besser verstehen, als würden sie am Anfang oder irgendwo in der Mitte dieses Buches erscheinen.

Also öffne ich nun mein Tagebuch, und wer will, darf darin blättern.

19. Dezember 2008: Endlich bin ich angekommen, auch mit meiner Seele, und ich erfreue mich jeden neuen Morgen daran, hier zu sein. Vielleicht fehlt mir die Weihnachtsstimmung, die nun in Deutschland herrscht, aber bei über 30 Grad jeden Tag nutzen auch die mitgebrachten deutschen Weihnachtslieder nichts. Es stellt sich einfach nicht dieses heimelige Gefühl von zu Hause ein.

So schön das Ankommen hier war, so stressig waren die Tage darauf. Durch das Verwechseln meines Koffers, was ich aber erst daheim bemerkte, mussten wir am Montag gleich nochmals nach Entebbe fahren (drei Stunden für eine Strecke), wobei wir hofften, dass wir dann auch gleich meine 13 Koffer Fracht mitbringen könnten, die inzwischen am Flughafen angekommen sein musste. Leider war dies nicht so. Deshalb mussten wir am Mittwoch nochmal los und dann sogar in Entebbe übernachten, weil das Frachtbüro schon um 17 Uhr schloss und meine Koffer nicht mehr bearbeiten konnte. Am Donnerstag dann bekamen wir die Sachen endlich, sodass ich nun mittlerweile eingerichtet bin, wenn man das so nennen will. Wir besitzen einen geliehenen Couchtisch mit einem weißen Plastikstuhl und zwei kleinen Hockern – die sind ebenfalls geliehen –, einige Teetassen, ein paar Kochtöpfe fürs offene Feuer (nicht geliehen). Wasserkocher und Thermoskanne sind ebenfalls freundliche Gaben mir unbekannter Menschen, aber dafür hab ich nun ein

Hausmädchen, das mir bei der Arbeit hilft! Sie heißt Natalie und überbrückt das Jahr zwischen Abitur und Studium bei uns. Sie gehört in Bens Familie, ist Vollwaise und glücklich, mit uns leben und arbeiten zu dürfen.

Ich war schon in einigen Dörfern, um KAB-Leute kennen zu lernen, und mein Englisch wird täglich besser! Bleibt mir ja auch nichts anderes übrig, als englisch zu sprechen. Ich habe deshalb keine Probleme, allein einkaufen zu gehen.

Es muss natürlich hier am Haus noch jede Menge getan werden, um Gäste aufzunehmen. Aber vielleicht ist es schon im März soweit. Es geht halt langsam – was aber kein Problem ist, denn alles hier geht nicht schnell. Mir scheint sogar, dass der Tag im Schneckentempo vergeht. Oder kommt mir das so vor, weil ich keinen Berufsstress mehr habe?

Schön zu erleben ist die Einfachheit. Ich kann duschen (nur kalt), hab ein Bett (geliehen) und jeden Tag gibt es was zu essen, manchmal nur Reis und Kartoffeln, ab und zu mache ich mal Pfannkuchen und Gemüse, aber wir haben nur ganz wenig Fleisch.

Jetzt versuch ich erst mal, mich auf Weihnachten zu freuen. Ben wird eine kleine Zeder von irgendwo herbringen, welche wir auf der Terrasse aufstellen, versehen mit einer Lichterkette. Daneben wird die deutsche Fahne wehen, die ich von zu Hause mitgebracht hab – frohes Fest!

22. Dezember 2008: Als ich heute Ben frage, was und wie ich das Fest vorbereiten soll, meinte er, man müsse halt viel zum Essen einkaufen, weil das und die Messe eigentlich das Wichtigste seien. Er sagte auch, dass wir einen Tag zu seiner Familie nach Nakayiba gehen würden, den anderen Feiertag würde die Familie bei uns verbringen. Mir graut davor, weil ich an unsere beschränkten Sitzgelegenheiten und Ess-Utensilien denke! Standardantwort: Kein Problem, wir kriegen das hin! Hauptsache, wir haben einen Baum und was zu essen, alles andere kommt von selbst. Ich war nicht überzeugt, aber überredet.

23. Dezember 2008: Eben holte ich meinen letzten 50-Euro-Schein unter der Matratze hervor und gab ihn in eine schwarze Hand. Daraufhin machten sich zwei Männer auf den Weg, die Dinge der Liste einzukaufen. Diese bestand gefühlt aus drei DIN-A-4- Seiten und enthielt unter anderem den Wunsch nach einer Lichterkette (kostet nur 7.000 Shillings, aber wir können sie über viele Jahre benutzen, war das Argument). Sie schloss auch die Dringlichkeit eines Sackes Holzkohle furs Kochfeuer mit ein. Dazu kamen Früchte und Kartoffeln. Und wenn wir schon unterwegs sind, können wir auch noch einen neuen Stov (in dem macht man Feuer und setzt den Topf drauf) kaufen, weil man den immer gebrauchen kann, vor allem, wenn Gäste kommen. Wieder ein schlagkräftiges Argument. Mir war angst und bange, weil ich kein Geld mehr hatte.

Nach etlichen Stunden kamen dann meine Weihnachtsmänner wieder mit vielen guten Sachen. Nur die Milch, die ich unbedingt zum Backen brauchte, fehlte. Das obligatorische „kein Problem, machen wir morgen!" tröstete mich nicht wirklich.

24. Dezember 2008 vormittags: Ben steht mit einer ganz tollen Idee auf; er hat sich in der Nacht überlegt, dass es besser wäre, beide Tage bei seiner Familie zu feiern, weil es dort einfacher ist mit Stühlen und Platz und Kochen und so und wir hätten dann ja auch keine Arbeit...

Allerdings hätten wir ja jetzt alle Vorräte hier und seine Familie praktisch überhaupt nichts. Nun müsse er halt von unseren guten Sachen einiges nach Nakayiba bringen, damit Mama kochen kann. Also nahm er Reis, Kartoffeln, Matoke-Bananen, Zucker, Brot und dergleichen wieder mit. Als er aber auch noch die Ananas einpacken wollte, habe ich mich heftig gewehrt! Und da wir ja nun zweimal dorthin gehen, sagte er, wäre es gut, wenn wir noch etwas Fleisch mitbrächten. Schweinefleisch wäre billig, nur 3.000 Shillinge (ein Euro) das Kilogramm, und drei Kilo würden reichen – also wieder 10.000 Shillinge weg!

Also, Ben ist weg mit bodda-bodda, anderes bodda-bodda kommt mit Joseph: Anlieferung des Christbaumes. Es ist ein etwa mannshoher Zedernast, der so ganz entfernt nach Weihnachtsbaum riecht, was mich mit leichtem Heimweh und Joseph mit sichtlichem Stolz erfüllt.

Hier kommt nun die genaue Anleitung zum Bau eines Christbaumständers in Ermangelung eines bereits vorhandenen.

Suche im Chaos (bei uns war dieses in der Garage) nach einem Farbkübelchen, es darf auch noch etwas Farbe – egal welcher Couleur – drin sein, und zerre dieses ans Tageslicht. Dann nimm den Deckel ab, suche einen Nagel und einen Stein, womit man nun mit dem Nagel ziemlich in der Mitte des Deckels und in der entsprechenden Größe des Baumstumpfes ein Loch neben das andere reinhaut, dass es sozusagen perforiert ist. Falls der Stein das nicht aushält, nimm einen neuen. Mit dem kannst du auch gleich das Innere der Perforation herausschlagen. Jetzt hast du ein Loch im Deckel, fast in der Mitte oder doch annähernd. Stecke den Ast oder Baum zur Probe hinein. Sollten Äste im Weg sein, um einen glatten Durchrutsch zu verhindern, sind diese mit einem der drei kostbaren Küchenmesser zu beseitigen, was dem Baum nicht schadet, aber vielleicht dem Messer.

Falls nun – was möglich ist – Loch und Astumfang harmonieren, fülle den Farbeimer mit Steinen, aber nur mit so vielen, dass auch noch der Ast Platz hat. Jetzt haue den Deckel mit mehr oder weniger Gewalt drauf – fertig ist Teil eins des Ständers. Die genannten Tätigkeiten gehen zweifelsfrei besser, wenn man einen Helfer hat, da auch Ugander nur über zwei Hände verfügen, dies aber manchmal vor lauter Schaffenskraft vergessen!

Trage nun den Eimer samt Ast zur vorgesehenen Stelle. Binde ihn mit einem Stück Wäscheleine in abstechender Farbe an die Regenrinne. Nimm ein Stück Geschenkpapier der Farbe rosa und verkleide damit den Eimer, um welches dann die komische weiße Frau noch ein Stück

Spitzenband windet. Dann hänge die Lichterkette für 7.000 Shillinge, die in allen Farben leuchtet (falls es Strom gibt) daran. Probiere, ob die Lämpchen brennen – und dann klatsche in die schwarzen Hände und freue dich, dass man einen Weihnachtsbaum „the same like in Germany" hat – Christus ist geboren, halleluja!

Selbstverständlich hängen wir nach altem Brauch unsere Weihnachtspost an den Baum. Ehrlicherweise muss ich zugeben, dass wir nur eine einzige Karte haben, und die ist von den städtischen Wasserwerken. Aber macht das was?

Nun tut sich in der Küche, dem einzigen Raum mit einem Tisch, Geheimnisvolles: Ich hole meine Krippe heraus. Sie besteht aus einer Figur des heiligen Joseph, welcher hinter der sitzenden Maria steht, die wiederum ihrer Aufgabe gemäß das Kind im Schoß hält. Es ist eine kompakte Figur, und ich liebe sie sehr, deshalb hab ich sie aus der Heimat mitgebracht. Ich stelle die Heilige Familie auf meine beste Weihnachtstischdecke und einen gelben Kunstblumenstrauß daneben, welcher etwas dezenter ist als der ebenfalls vorhandene rote. Ich freue mich über das Arrangement und spüre einen Hauch von Weihnachtsfreude in mir. Das heißt, ich fange eben an, mich zu freuen, als Joseph (Bens Bruder) die Krippe vom Tisch nimmt, eine Wurzelbürste holt und einen Kübel Wasser. Er fängt an, die Holy family zu schrubben, was ihr gut getan hat. Der Staub all der vergangenen Jahre ist nun endgültig weg, leider auch etwas Farbe aus Marias Schultertuch. Aber macht das was?

24. Dezember 2008 gegen Abend: Dann großer Krach wie all die Jahre meines Lebens am Heiligen Abend, gleichgültig, wo ich wohne. Es geht um das Haus, das man eigentlich nicht alleine lassen sollte (Diebe etc.). Wer geht zur Kirche, wer bleibt daheim? Natürlich wollen wir alle drei zur Messe und finden auch einen Kompromiss, weil wir ja kultiviert sind. Und so wollen wir vorgehen: Wir verrammeln das Haus, lassen überall die Lichter brennen, Ben und ich gehen durch das große Eingangstor auf dem normalen Weg nach draußen, während Joseph das

Tor von innen verschließt und mit einer Leiter über die Mauer steigt! Genial, oder?

Am Abend: Mit dem Taxi zu Mutebis family. Alle freuen sich, das Essen kocht und brodelt und wird auch irgendwann fertig. Wir genießen, was Mama gekocht hat mit unseren vielen Zutaten – und freuen uns. Dann sagt Ben, dass wir spätestens um 20 Uhr in der Kathedrale sein sollten, weil die Messe um 21 Uhr beginnt und es immer viele Leute dort gibt. Das bedeutet für mich, mich nun in meinen Gomez zu schwingen, während Ben irgendwo hin geht, ein Auto zu besorgen. Er meint noch, ich solle mich ja beeilen, er wäre gleich wieder da.

Mama ist gerührt, als sie mir in das Kleid hilft. Die Tante ruft für mich unverständliche Luganda-Worte gen Himmel, alle klatschen in die Hände – und freuen sich, weil ich so schön aussehe. Ich freue mich mit. Dann stelle ich mich mal schon so an die Straße, dass ich gleich ins Auto steigen kann, weil Ben ja jetzt jeden Moment kommen muss... Es ist schon kurz vor 20 Uhr. 20.15 Uhr und 20.30 Uhr stehe ich noch am selben Fleck, kein Ben in Sicht. Kurze Zeit später taucht er auf mit einem klapprigen, alten Pick up, in dem die ganze Innenverkleidung fehlt. Während wir zur Kirche zuckeln, erzählt mir Ben, dass der Besitzer des Autos gerade eben vom Feld nach Hause kam, und da er eine Kuh auf der Ladefläche mitbrachte, musste Ben noch kurz das Auto waschen. Aber macht das was? Das Leben ist so schön!

Nach der Messe: O mein Gott, die festlich geschmückte Kirche ist einfach ein Albtraum. Der Altar sieht aus wie ein Flipperautomat, an dem ständig rote Lichter blinken. Der Nebenaltar hat eine grüne Girlande oben rum, erinnert eher an den Eingang zu einem Bierzelt, und das Allerschlimmste ist die Pieta hinter dem Hauptaltar: Maria hat ihren toten Sohn im Arm und beweint ihn, während es um sie herum in ständig wechselnden Farben blinkt, und zwar bis um elf, als der Gottesdienst endlich aus ist.

Weihnachtsfreude habe ich keine. Wir fahren nach Hause. Das von innen verschlossene Tor öffnen wir mit einem Trick (den bestimmt hundert Diebe im Schlaf drauf haben) von außen. Dann müssen wir im Haus erst mal die Schlüssel zu den einzelnen Zimmertüren suchen, weil Joseph sie diebessicher versteckt hat. Und weil ja erst halb zwölf ist und Heiligabend, wollen wir noch etwas Zerstreuung und mittels Laptop und Beamer einen Film anschauen. Leider hat sich herausgestellt, dass Ben nur eine einzige DVD hat, und zwar so was ähnliches wie einen nigerianischen Pornofilm, was mir für die Heilige Nacht etwas unpassend scheint. So schauen wir halt die Nacht durch ugandische Musik-Videos. Immerhin kann ich dann von wackelnden Popos träumen. Aber macht das was?

1.Januar 2009: Happy New Year, liebe Johanna, ich wünsche mir nur Gutes für dieses erste Jahr in Afrika!

O war das eine tolle Silvester-Party gestern! Wir saßen draußen auf der Terrasse, zusammen mit Verwandten und Freunden. Es war eine traumhafte Nacht mit unendlich vielen Sternen, die ganz nah waren. Ich hatte verschiedene Salate zubereitet, auch Kartoffelsalat, den hier alle mögen. Dazu hatte ich noch sowas ähnliches wie Berliner gebacken, aber mit Ananas innen drin statt Marmelade. Wir nennen das Gebäck hier sweet kisses, also süße Küsse. Auf Spieße haben wir Porc, also Schweinefleischstücke, gesteckt, dann ab aufs Feuer, Barbecue war fertig! Wir hörten Uganda-Musik, später trommelten die Jungs. Ich hatte mir ein neues Outfit geschneidert: Einen grünen Wickelrock und dazu ein schwarzes Top mit Spitzenärmeln. Ich sah gut aus – war aber trotzdem die Älteste in der Runde!

Später saßen wir am Lagerfeuer. Um Mitternacht zündeten wir Wunderkerzen an und fielen uns lachend um den Hals *(Heute, sieben Jahre später, kann ich sagen, dass dies die schönste Silvesterparty meines Lebens war)*.

15. Januar 2009: Meine Haare sind so sehr nachgewachsen, dass ich dringend neue Farbe drauf haben muss. Obwohl es in Masaka so viele Salons gibt, weiß ich nicht, in welchen ich gehen soll mit meinem Problem. Ich hab Bernie davon erzählt und sie will mir helfen.

Nachmittags desselben Tages: Wir zogen los. Gleich im ersten Salon stellte sich heraus, dass es dort zwar schwarze Tönung, aber keine hellbraune Farbe gibt. Weiter zum nächsten. Von dort wurden wir ebenfalls weiter geschickt. Und so weiter und so fort..., Es waren insgesamt sechs Salons, in denen wir vergeblich nach brauner Haarfarbe suchten. Dann fragten wir im Supermarkt danach. Die hatten zwar auch keine, aber die Besitzerin meinte, einen Friseur zu kennen, der welche habe... Welch ein Lichtblick!

Wir gingen dorthin. Ein ugandischer Salon besteht aus einem Zimmer, in dem Stühle verschiedener Epochen rumstehen, in dem getratscht wird wie zu Hause auch, vor dem man die Schuhe ausziehen muss – und in dem ein lächelnder junger Mann auf dem Boden sitzt und den Frauen Pediküre macht!

Ja, sagte die Chefin, sie habe Coloration braun, was ja schon mal gut klang. Während ich auf einem roten Stuhl Platz nahm, holte sie eine Plastiktasse, gab grünes Pulver hinzu und goss mit kochendem Wasser auf. Es stank wie aufgebrühter Kuhfladen. Deshalb war es bestimmt etwas Natürliches, denk ich mal. Also, Haare waschen und dann diesen Papp drauf – und ab unter die Trockenhaube. Nun wurde es wieder zum Kuhfladen da auf meinem Haupt...

Während ich so um mich schaute, kam ein weiterer junger Mann herein mit einer Laptoptasche. Er setzte sich neben mich und fragte, ob er meine Füße behandeln dürfe. Es würde 2.500 Shillinge kosten, also etwa einen Euro für beide Treter. Als ich eingewilligt hatte, ließ sich der schöne Jüngling zu meinen Füßen nieder und begann damit, meine unmöglichen Zehnägel zu bearbeiten. Ich genoss es sehr. Meine beiden großen Zehen samt Anhang ruhten auf seinen Oberschenkeln. Wenn ich daran dachte, dass ich sie nur noch ein kleines Stückchen bewegen musste, um... O holla, zurück auf die Erde, Mädchen. Er zwickte und feilte und schob die Nagelhaut zurück. Dann holte er eine Bürste, um die Zehen zu reinigen, es war himmlisch! Alle seine Utensilien trug er in der Laptoptasche spazieren. Nun muss ich noch sagen, dass ich mich öfters erheben und den Platz wechseln musste aus technischen Gründen und weil ja immer etwas Spannendes auf meinem Kopf geschah. Und der Schöne zog fröhlich mit von Stuhl zu Stuhl. Als Abschluss trug er Unter- und Oberlack auf in einer von mir gewünschten Farbe. Es war so gigantisch, dass ich ihm 500 Shillinge mehr gab, was mir ein strahlendes Lächeln und noch eine zusätzliche Fußmassage, die sich ziemlich weit nach oben ausdehnte, einbrachte.

Die Farbe auf meinem Schädel schien zu halten. Nun wurden die Haare eingedreht. Langer Rede kurzer Sinn: Zum Schluss sah ich aus wie Vivien Leigh in einer ihren Rollen damals, die Haare am Kopf wie angeklebt. Aber das wusste nur ich, denn die anderen klatschten in die Hände, riefen „o so smart" und freuten sich. Dass die Farbe viel zu hell war und ich danach wie ein Streifenhörnchen aussah, braucht niemand weiter zu wissen.

03. Februar 2009: Ein weiteres herausragendes Hindernis ist genommen, ich fahre nun mit bodda-bodda! Immer dachte ich, dass ich für diese Art der Fortbewegung nicht stromlinienförmig genug gebaut bin, oder, um es anders zu sagen, „to fat". Aber gejuckt hat es mich schon lange. Irgendwann dachte ich: Wenn zwei oder gar drei Ugander drauf sitzen können, ist eine Muzungu nicht zu fett, selbst wenn sie fett wäre. Du verstehst?

Vor meinem „ersten Mal" gab mir mein „Daddy" Ben (so führt er sich manchmal auf) noch guten Rat, wie ich mich auf dem bodda zu verhalten habe. Wenn ich einen Rock anhabe, muss ich im „Damensattel"sitzen, also beide Beine seitlich. Trage ich Hosen, darf ich die Beine spreizen. Und ganz, ganz wichtig ist folgendes: egal, wie löchrig die Straße ist und das Gefährt schleudert – niemals niemals niemals nie sich am bodda-Fahrer festhalten!!!

Um es abzukürzen, es war einfach toll! Schade, das hätte ich schon früher haben können, weil man als alte Frau in Uganda sowieso nicht mehr all zu viel erlebt…

Gleich am Samstag darauf konnte ich mein Können dann auch schon wieder umsetzen. Ben und ich sollten zu einem Last-Funeral-Rite, das bei einem Haus mitten im Busch stattfand. Schon den ganzen Morgen sah es nach Regen aus, aber richtig los ging es eigentlich nicht. Wir mussten ein Stück mit dem Taxi fahren, bis nach Bukalasa, und dort umsteigen auf ein bodda, weil in den Busch nur ein schmaler Weg führt, der nicht für Taxis geeignet ist. Bei der bodda-Station angekommen, regnete es schon etwas stärker. Niemand wollte uns weiter befördern, weil es zu nass wäre. Ein Fahrer erbarmte sich schließlich doch nach längerem Hin und Her. Ich war nur in einer Bluse mit Kapuze, meine Regenjacke weilte irgendwo an einem unbekannten Ort. Ben trug eine Jacke, seine Regenjacke hatte er im Rucksack. Er befahl mich auf das Moped, zwischen den Fahrer und sich. Ich fühlte mich sehr, sehr schlank, weil wir gut Platz hatten. Naja, gut ist relativ: Ben und ich mussten uns die beiden Steigbügel teilen, was nicht einfach ist bei vier Füßen in Größe 42. Aber mein Platz war der beste. Ich konnte mich an den bodda-Fahrer lehnen, dem es ständig die Kapuze vom Kopf riss, und hinter mir klammerte sich ein tropfnasser Ben an meinem Rücken fest. Die Straße hoch ging es gut, und es fing gerade an, mir richtig Spaß zu machen trotz Regen. Ich liebe Abenteuer. Plötzlich bogen wir ab, in einen Weg mit ca. 80 cm Breite und einem Gefälle von geschätzten 25 %. Die letzten beiden Zahlen mögen vielleicht ein ganz klein wenig übertrieben sein, aber nicht viel. Ich dachte, bei geschlossenen Augen und in der Mitte sitzend kann mir ja nicht viel passieren – bis wir auf einmal ins Schlingern kamen, abrutschten, das bodda auf dem Boden lag und wir obendrauf. Der Fahrer meinte, für ihn sei es hier zu Ende. Er wünschte uns weiterhin ein schönes Leben und verschwand, sein

Fahrzeug schiebend, den Berg hinauf. Und wir beide schlitterten in Richtung unseres Zieles. Der Weg war lehmig, rutschig, nass, es goss unaufhörlich. Es war wie Eisregen und Blitzeis. Hand in Hand wie Hänsel und Gretel tasteten wir uns vorwärts, weit und breit kein Haus in Sicht. Dann kam ein Geländewagen hinter uns her, der es sehr schwer hatte, sich in der Spur zu halten. Die Leute grüßten und winkten uns im Vorbeifahren fröhlich zu, was wir nicht erwidern konnten, da wir uns an Bäumen und Hecken festhalten mussten. Nach weiteren Metern, die furchtbar waren, kam ein Pick-up gefahren, der Säcke auf der Ladefläche hatte. Ein freundlicher Mann – Gott möge ihn die nächsten 50 Jahre segnen und behüten! – bot uns einen Platz auf seiner nassen Ladung an. Wir waren sehr glücklich, nun im Regen zu fahren statt zu laufen, was allerdings den Regen wenig beeindruckte. Nur kamen wir jetzt schneller unter ihm durch.

13. März 2009: nzwischen habe ich schon mehrmals Kuchen gebacken in einem Ofen, den man sehen muss und nicht beschreiben kann. Es ist ein Kasten aus Blech, etwa in der Größe eines Kühlschranks, hat unten eine Schale für die brennenden Holzkohlen, in der Mitte einen Rost und darüber nochmal eine Schale für das Brennmaterial, also konzipiert für Unter- und Oberhitze sozusagen. Eine Tür verschließt dies alles. Wer ihn konstruiert hat, weiß allein der liebe Gott.

Also: Kuchen Nummer eins war ein Rührkuchen mit Schokopulverzusatz, sollte als Schokokuchen auf den Tisch kommen, war aber verbrannt und schwarz wie die Nacht. Rettung: Abkratzen mit Messer – genießbar!

Kuchen Nummer zwei war wie oben, aber unter dem Zusatz von Rosinen. In Ermangelung einer Backform musste ich wie beim ersten Mal einen Kochtopf nehmen. Ich habe ganz genau auf das Feuer geachtet, und er wurde schön hoch! Doch dann: Topf aus dem Ofen, Kuchen aus dem Topf, Ergebnis: Zerbrochen. Ich bekam einen Wutanfall und lief weinend in mein Zimmer. Als ich mich beruhigt hatte und wieder unters Volk kam, hatten sie die Krümel irgendwie aufeinander gelegt, schon probiert und mir bestätigt, wie gut das Gebäck sei – „like from the bakery!" Also gut.

Kuchen Nummer drei: Rührkuchen ohne Schoko und Rosinen, dafür mit zerstampften Bananen. Habe aus Fehlern gelernt und deshalb den Kochtopf mit Alufolie ausgekleidet, dazu gut auf das Feuer aufgepasst, Kuchen **mit** Alufolie aus dem Topf geholt – super!!! Mein Stolz war wieder hergestellt!

Eben hat mir David, der bei uns auf dem Grundstück arbeitet und jeden Morgen mit seinem Fahrrad, das "Johanna" heißt (warum wohl???) hier auftaucht, folgendes erklärt: wenn er mich morgens das erste Mal sieht, schaut er in mein Gesicht und kann darin sehen, ob ich fröhlich oder traurig bin. Je nachdem ist dann auch seine Stimmung. Bin ich fröhlich, freut sich sein Herz und der Tag wird gut! Ach, sind die lieb hier!!!

19. März 2009: Heute ist der Tag des heiligen Josephs, und unser Joseph feiert seinen Namenstag. Auf den Geburtstag wird hier kein Wert gelegt, nur der Tag des Heiligen, nach dem man getauft ist, wird zelebriert. Ich war mit Joseph in der Messe, um Gott für alles Gute zu danken, das ich hier erleben darf.

Ja, es ist alles nicht so einfach – aber sehr aufregend und intensiv und vor allem von kleinen Erfolgen gekrönt.

So konnte ich gestern ganz allein mein erstes Kochfeuer entzünden. Dies geschah, ohne dass ich a) das Haus abfackelte und b) es dann doch nichts zum Essen gab.

Also, merke auf und lerne, Feuer machen geht so: Man hat einen Stov (wie unser Stövchen, aber halt so groß, dass ein Kochtopf drauf Platz hat), das durch ein Gitter aufgeteilt ist in Feuer- und Kochstelle. Unten legt man das Papier rein, auf dem Gitter ist die Kohle. Das Papier wird angezündet und erreicht nach und nach die Kohle. Ist doch einfach, wo ist das Problem?

Problem eins: Es gibt hier nur so winzig kleine Wachsstreichhölzer, die gleich krumm werden. Außerdem ist die Reibefläche sehr schnell untauglich. Also nie versuchen, wenn nur noch drei Wachshölzchen in der Schachtel sind! Man braucht mindestens eine Schachtel, wenn man weiße Hautfarbe hat!

Problem zwei: Das ugandische Papier scheint nicht zum Verbrennen geeignet. Kaum ist eine Ecke angezündet – no fire!

Problem drei: Du musst solange im unteren Bereich Papier verbrennen, bis die Flammen an die Kohlen oben hinkommen. O, das kann ein langer Weg sein! Ist es endlich so weit, musst du dich mit irgend etwas (ich hab ein Stück von einem kaputten Plastikkanister genommen) vor das schwächliche Feuer hinstellen und ihm freundlich zuwedeln. Stark, aber nicht zu stark, denn sonst schläft es gleich wieder ein – sie sind sehr empfindlich, diese Flammen. Mittlerweile verstehe ich ganz gut, warum die Frau zu Hause das Feuer hüten musste und hier immer noch muss und der Mann auf die Jagd geht: Es ist ein sehr sensibles Anliegen, und richtig leicht und elegant wedeln kann nur eine Frauenhand!

25.August 2009: Wir haben hier in Masaka einen Tierarzt, den ich irgendwann mal kennengelernt habe. Bin froh, dass da noch jemand ist, der Tiere liebt! Allerdings wurde Doc Henry nach Kampala versetzt, also recht weit weg. Ich bin aber mit ihm in Kontakt der Katzen wegen, deshalb kam er auch zu uns, um sie zu sterilisieren. Praktischerweise geschah dies auf unserem Esstisch. David, der sonst als Gärtner fungiert, und ich waren die Assistenten. Zuerst nahmen wir Molly dran, weil eine weibliche Kastration länger dauert als die von Willy, welches unser Kater ist. Der sollte später dran kommen. Also, Dr. Henry schnitt Mollys Bauch auf und stellte fest, dass sie schon trächtig war! Bauch wieder zugenäht, Wiederholung nach der Niederkunft. Dann brachte ich Willy herein. Der Arzt sah ihn an, lange und gründlich, um dann festzustellen, dass Willy auch eine Dame ist. Sie kann also Milly heißen in Zukunft. Für beide Operationen fehlte die Zeit, deshalb bekam Milly eine Spritze gegen die unerwünschten Folgen einer Liebesnacht. Und Molly hat seit letzter Woche zwei süße kleine Kätzle, das dritte kam tot zur Welt.

Als der Tierarzt zur Nachsorge nach Mollys Operation kam und ihr eine Spritze verabreichte, hat sie mich, die sie festhielt, äußerst rabiat in die Hand gebissen. Der Doc meinte, zur Sicherheit wäre für mich eine Tollwutimpfung angebracht, denn die Katzen waren erst drei Tage vorher selbst gegen Tollwut geimpft worden. Also, ab zur Klinik, zur ersten Impfung von dreien. Erste Frage der Krankenschwester, ob die Katze, die mich gebissen hat, inzwischen getötet wurde. Ich erklärte die Situation. Während ich geimpft wurde, fragte mich die Schwester, ob ich katholisch wäre. Ich bejahte. Sie bemängelte, dass ich keinen Rosenkranz um den Hals trage, spritzte mich aber trotzdem. Drei Tage später war die nächste Impfung, der Rosenkranz hing brav an meinem Hals, aber heute hatte eine andere Lady Dienst. Sieben Tage später dann die dritte Impfung bei der ersten Schwester, der Rosenkranz hing dort, wo er ihrer Meinung nach hingehörte. Ich bekam meine Spritze, musste Auskunft geben über den Zustand der Katze und wurde aufgefordert, ein Gebet zu sprechen, bevor ich den Raum verließ...

10. September 2009: Ich bin etwas traurig, weil ich nicht viele Freunde habe, mit denen ich mich ungezwungen bei uns zu Hause treffen kann. Es ist nicht möglich, einfach zu jemandem zu sagen „komm mit mir zum Kaffee trinken!" Der Gast wird meinen, dass ich in Reichtum schwimme, weil unser Haus sich eben etwas sehr von den anderen unterscheidet und wir in einem „besseren" Viertel wohnen. Dann wird er ebenfalls darüber nachdenken, wie er seinen persönlichen Vorteil aus unserer Bekanntschaft ziehen kann. Und als letztes: Der Besucher wird wiederkommen, unangemeldet, im Gefolge Kinder, Onkel, Tante, Oma und dergleichen. Denn weil ich freundlich war zu ihm, wird er sich ab sofort zu meiner Familie gehörend betrachten. All dies hat mir Ben heute erklärt. Ich verstehe es auch, aber es macht meine Lage nicht besser.

12. September 2009: Polizeiliche Willkür und Korruption ohne Ende! Ich bin so höllisch sauer auf die Ordnungshüter hier, die nur eines kennIhren eigenen Geldbeutel! Wir mussten zum Flughafen nach Entebbe, unsere erste deutsche Praktikantin abholen. Dazu benutzten wir den Minibus von Bens Organisation, der 14 Sitzplätze hat. Ben hatdie entsprechende Fahrerlaubnis. Die Fahrt zum Flughafen wollten wir noch dazu nutzen, um in Kampala zwei Schaumstoffmatratzen zu kaufen, wo sie günstiger sind als in Masaka. Also erwarben wir zwei dieser Schaumgummidinger, in der Größe 90 x 190 cm und ca. 15 cm hoch. Diese Matratzen stellten wir im Auto seitlich gegen die Sitze und fuhren weiter Richtung Entebbe. Ich war der einzige Fahrgast. Plötzlich wurden wir von einem Polizisten gestoppt. Er sah Bens Autopapiere durch, es gab nichts daran zu bemängeln. Also spazierte er um das Auto herum. Wieder nichts gefunden, das man bestrafen kann! Er schaute nun in das Fahrzeug und verlangte, dass wir 40.000 Shillinge (ca. dreizehn Euro) bezahlen, weil wir zwei Matratzen im Wagen hätten, DAS AUTO ABER FÜR PASSAGIERE ZUGELASSEN IST! Mir blieb der Mund offen stehen. Trotz viel Palaver mit Ben wich er nicht von seiner Forderung ab. Er wollte Schmiergeld. Da wir keine Anstalten machten, dies zu bezahlen, schrieb er ein Formular voll und schickte uns zur nächsten Bank, um das Geld einzuzahlen. Das Auto müsse aber hier stehen bleiben, und den Führerschein behalte er auch. Wenn wir mit dem Bankbeleg hierher zurückkämen, würden wir beides wieder bekommen! Man bedenke, dass man zum Bezahlen der Strafe eigentlich 28 Tage Zeit hat! Solange sollten wir ihm unter Umständen das Auto überlassen? Ich nahm mein Handy und tat so, als würde ich mit irgendjemand Wichtigem telefonieren – keine Wirkung. Erst als ich den Fotoapparat nahm und Bilder machen wollte, wehrte er sich dagegen. Langer Rede kurzer Sinn: Ben und der Polizist einigten sich schließlich auf folgendes: Wir sollten die Matratzen aus dem Auto entfernen und auf den Gepäckständer des Daches laden, dann könnten wir ungestraft losfahren. Was wir auch taten. Nach fünf Minuten meinte Ben, es wäre besser, die Matratzen wieder ins Auto zu tun, falls es regnet oder stark windet. Gesagt, getan. Wir nahmen Anna am Flughafen in Empfang. Auf der Rückfahrt nach Kampala hielt Ben plötzlich an und meinte, es wäre sicher ratsam, die Matratzen wieder aufs Dach zu laden, falls der freundliche Polizist noch an derselben Stelle wäre wie vorhin… Gesagt, getan. Er stand auch noch dort. Aber es gab ja nichts zu beanstanden.

Nach weiteren fünf Minuten – ihr wisst schon, was kommt: Anhalten, Matratzen vom Dach, unbeschadete Heimkehr nach Masaka. Diese Geschichte vom freundlichen Freund und Helfer werde ich wahrscheinlich noch oft erzählen – und auch darüber lachen.

03. Oktober 2009: Heute waren wir im Sheraton-Hotel in Kampala. Der Deutsche Botschafter hatte alle Deutschen, die gerade in Uganda sind, eingeladen, miteinander den Tag der Deutschen Einheit zu feiern. Man konnte einen Gast mitbringen. Also hatte Ben auch das Vergnügen, einen „original bayrischen Abend" mitten in Uganda zu erleben. Es spielte eine bayrische Band, und es gab ein bayrisches Büffet. Wir aßen, bis wir nicht mehr konnten und bedauerten sehr, nicht einen Ersatzmagen zu haben wie eine Kuh! Es gab Schnitzel und Blaukraut und Wurstsalat und Brezeln und Weißwürste und viele Sorten deutsches Brot – und als Nachtisch Ofenschlupfer mit Vanillesoße. Noch nie in meinem Leben habe ich Essen so genossen wie heute. Da sah ich erst, wie arg ich auf „Entzug" bin ohne heimische Nahrung!

10. Oktober 2009: Hab mal wieder genäht und dabei CDs gehört. Jetzt fühl ich richtig höllisch Heimweh! Immer, wenn ich die Kastelruther Spatzen höre, muss ich weinen. Könnt ihr euch das vorstellen? Aber die singen so schöne traurige Lieder von Liebe und Leid und Gebirge und Tal und so. Da komme ich mir immer so heimatlos vor und bemitleide mich selbst, weil ich doch fremd unter Fremden bin und keiner mich lieb hat! Irgendwann fällt mir dann wieder ein, dass ich ja freiwillig hier bin und jederzeit zurück könnte – was ich aber nicht will! Wenn ich mit meinen Gedanken hier gelandet bin, geht's mir schon wieder besser.

11. Oktober 2009: Eben las ich in der Zeitung, dass die ugandische Regierung die Todesstrafe für Homosexuelle einführen will. Wer von Homosexuellen weiß und diese nicht anzeigt, muss sieben Jahre ins Gefängnis. Ebenfalls der, der eine Wohnung an Schwule vermietet. Das Gesetz ist noch nicht durch, hat aber gute Chancen, weil hier von den Einheimischen kein Mensch versteht, was Homosexualität wirklich ist. Hier meinen alle, es kommt aus Europa und ist sündhaft. Die

Begründung für die hohe Bestrafung ist, dass hiermit Aids Einhalt geboten werden soll. Gescheiter wäre es, die unvernünftigen Männer,die sich massiv gegen die Benützung eines Kondoms wehren, zu bestrafen. Das sind nämlich die Übeltäter, die Aids verbreiten. Der dümmste Spruch, den ich je hörte, ist in diesem Zusammenhang, dass man ein Bonbon auch nicht eingepackt isst!!! Kaum zu glauben, solche Borniertheit!

7. Dezember 2009: Heidi, unsere wunderschöne Ente, die sich frei bewegen darf, legt nun Eier! Ich bin so stolz auf sie. Sie ist ein tolles Tier, und ich mag sie sehr. Wir haben ein Ritual entwickelt, welches seinen ganz eigenen Stil hat. Morgens lasse ich ihr immer ein Bad ein in einer großen Waschschüssel. Dahinein streue ich einige getrocknete kleine Fischchen und ein paar Brotkrumen. Dann trage ich die Ente dorthin und setze sie ins Wasser. Sie bedankt sich mit einem kleinen Lied, das sie mir vorsingt. Ich liebe es, diese lachende, freundliche Ente auf dem Arm zu haben. Es ist ein schönes Gefühl, das sie mir vermittelt. Später dann, nach dem Bad, versucht sie immer, mit allen Tricks in die Küche zu gelangen, wo das Katzenfutter steht. Manchmal gelingt es ihr auch, dorthin zu kommen, wenn man die Tür nicht schnell genug zumacht. Steht sie vor verschlossener Tür, lässt sie direkt davor ein Häufchen fallen, manchmal auch zwei oder drei.

Das ist nicht immer angenehm, vor allem im Dunkeln. Deshalb hat unser Praktikant Bart ein Freigehege gebaut. Er nahm dazu alles an Material, was er finden konnte. Einen ganzen Samstag hat er damit zugebracht, einen bestehenden „Korridor" hinter unserem Nebengebäude von beiden Seiten zu verschließen mit Draht, damit Heidi dort drin bleiben kann. Dann stellte er ihr ein Häuschen auf und eine große Schüssel mit Wasser. Danach schloss er die Tür. Nach etwa 20 Minuten stand Heidi fröhlich singend vor der Küchentür. Am Tag darauf, Sonntag, brachte Bart an beiden Türen oben eine Schräge an, die nach innen verläuft, also praktisch wie im Hochsicherheitsgefängnis Stammheim bei den Bader-Meinhoff-Prozessen zum Beispiel. Dann: Heidi ins Gehege. Sie hat sich alles genau angesehen, saß traurig (nach unserer Einschätzung) auf einem Stein, und wir bekamen schon Gewissensbisse, ob wir jetzt womöglich ihrer Seele Schaden zugefügt haben. Hätten wir aber nicht gemusst; denn kurze Zeit später stand unsere geliebte Heidi wieder vor der Küchentür und wollte zum Katzenfutter. Auch Stammheim hat sie also bravourös überflogen! Nun hat sie gewonnen. Sie darf überall dort hinlaufen, wo sie mag. Ich geh dann halt mit einem Eimer Wasser hinter ihr her. Hauptsache, sie ist glücklich!

Nach Weihnachten 2009: Viel weiß ich nicht über das vergangene Fest. Seit 18. Dezember lag ich mit einer äußerst schweren Malaria im Bett. Praktisch fehlen mir zwei ganze Tage in meiner Erinnerung. Ich weiß nur noch etwas vom Anfang; ich war in einem boys quarters untergebracht, weil meine Freundin Anni, die gerade zu Besuch ist, in meinem Zimmer wohnt. Ich erinnere mich nur dunkel daran, dass ich viel geschlafen und mich ständig erbrochen habe. Immer war Natalie da, die mir half in dieser unglücklichen Situation. Am dritten Tag wurde ich in die Klinik gebracht, wo Malaria festgestellt wurde. Ich kam an den Tropf und musste einige Stunden dort bleiben. Bei der Blutuntersuchung stellte sich noch heraus, dass ich eine schwere Infektion hatte im linken Bein. Einige Tage zuvor war ich hingefallen, und es muss etwas Straßendreck in die Wunde gekommen sein, sodass das Bein von der Ferse bis zum Knie total entzündet, rot und heiß war. Nun musste ich zu den Malaria-Tabletten auch noch starke Antibiotika nehmen. Vom Heiligen Abend weiß ich nicht viel; wir haben gewichtelt, und die anderen hatten ein Festmahl – ich konnte fast nichts essen. Ich war sehr schwach. Ich glaube, dass ich wirklich sehr krank war. Nun geht es wieder etwas besser, aber ich fühle mich immer noch schwach und elend. Das war jetzt die dritte Malaria in vier Monaten. Alle Achtung!

Dumm war nur, dass ich Anni versprochen habe, mit ihr nach Fort Portal zu reisen, damit sie mal einen anderen Teil von Uganda sieht. Wir waren auch dort, aber es war wirklich sehr, sehr schlimm für mich, weil ich am liebsten den ganzen Tag geschlafen hätte, aber immer unterwegs sein musste.

05. Januar 2010: Ein schreckliches Erlebnis liegt hinter mir. Ich habe zusammen mit meiner Freundin aus Deutschland, die gerade zu Besuch hier ist, eine Pfarrei besucht. Es war Samstag, keine Schule, deshalb waren nicht viele Kinder unterwegs. Wir hatten eine Box mit 80 Lutschern dabei. Normalerweise nehmen wir nichts mit für Kinder, weil es wie ein Fass ohne Boden ist. Diesmal meinten wir, wir könnten es wagen, an die Kinder der Familie, die wir besuchten, einige Lollys zu verteilen. Wir hatten noch nicht mal richtig mit dem Verteilen angefangen, schon wurden wir fast überrannt von Kindern, die plötzlich aus dem Nichts auftauchten! Sie streckten uns zuerst ihre Hände entgegen, in die wir die Süßigkeiten gaben. Dann rissen sie uns die Lollys aus der Hand, stießen andere Kinder um, langten mit beiden Händen in die Box, prügelten sich mit anderen – völlig hilflos warfen wir den Behälter auf den Boden und liefen davon. Ugandische Kinder haben nicht gelernt zu teilen. Hier gilt: Ich nehme mir, was ich ergattern kann, alles andere ist mir egal! Dieses Erlebnis wird uns noch lange beschäftigen.

16. Januar 2010: Am Samstag waren wir bei einer Hochzeit, zu der wir ganz tief in ein Busch-Dorf fuhren. Auf der Rückfahrt spät abends mussten wir einen Konvoi bilden, immer mindestens fünf Autos, weil die Strecke sehr oft überfallen wird. Dazu kam die schlechte Straße. Es war nicht sehr gemütlich und ich hatte große Angst. Außerdem war ich ärgerlich über den Mann, der neben mir im Auto saß. Ich kannte ihn nicht, aber er übergab sich aufgrund seines getrunkenen Bieres dreimal direkt auf mein Kleid, von dem es zwar wieder herunterlief, aber wir standen nach einiger Zeit mit unseren Füßen in Erbrochenem... Ihn selbst hat das überhaupt nicht gestört. Kaum fertig mit Übergeben, nahm er schon die nächste Flasche zur Hand. Ebenso wenig beruhigte mich die Fahrweise des Chauffeurs, der mit der rechten Hand das Lenkrad und links ebenfalls eine Bierflasche – geöffnet, wohlgemerkt! – hielt. Irgendwann mitten in der Nacht endete auch diese Horrorfahrt dann vor unserem Haus. Kaum hatte ich unser Eingangstor erreicht, hab ich schon mein Kleid ausgezogen und mit einem Eimer Wasser übergossen, damit der gröbste Schmutz weg war. Nach einer ausgiebigen Dusche fiel ichwie ein Stein in mein Bett. Lange habe ich mich noch hin und her gewälzt, meinen Kopf voll Gedanken und das Herz gefüllt mit Heimweh nach Deutschland.

17. Februar 2010: Polizei und Staatsgewalt – das heißt Korruption ohne Ende. Gestern fuhr Ben einen Gast zum Flughafen. Das bedeutet, dass er von Kampala nach Entebbe ca. 40 Minuten zu fahren hat. Fazit: Drei Polizeikontrollen mit insgesamt 170.000 Shillingen Strafe (ca. 60 Euro). Zum Vergleich: Ein Maurer verdient etwa 80.000 Shillinge im Monat. Es gab keinerlei Gesetzesübertretung durch Ben. Reine Willkür der Polizisten hielt ihn so oft auf. Und wenn sie nichts finden, dann ziehen sie etwas an den Haaren herbei und wenn es nur deshalb ist, weil Ben besser englisch spricht als der Polizist. Dies ist auch so, wenn Weiße im Auto mitfahren. Entweder sind die Ordnungshüter überkorrekt, oder aber es gibt die andere Sorte. Diese denken, aha, Weiße an Bord, und dann noch zum Flughafen! Die sind in Eile, und deshalb bezahlen sie! Es gibt zwar immer das Angebot, den Strafzettel bei der nächsten Bank zu bezahlen, aber Autoschlüssel, Fahrzeug und Papiere bleiben so lange beim Polizisten. Was hilft das, wenn man unterwegs zum Flughafen ist? Garnichts! Also drückt man dem Mann das in die Hand, worauf er wartet – um endlich losfahren zu können. Wir hassen Korruption, aber unterstützen sie notgedrungen. Das macht Hass im Herzen, weil man willkürlich schlecht behandelt wird und sich nicht wehren kann. Das Recht auf deiner Seite ist ganz weit weg. Einmal wurden wir in Kampala angehalten, weil wir eine Person zuviel im Auto hatten – angeblich - und diese sich nicht anschnallen konnte deshalb, wobei kein Mensch in Uganda angeschnallt ist. Ben sagte, er habe davon nichts gewusst, weil er gerade aus Deutschland komme und sich in Uganda nicht mehr gut auskenne. Ob der Polizist als Beweis seinen deutschen Führerschein sehen wolle? Natürlich wollte der. Und mit dem Ausweis der Unibibliothek Freiburg, von dem der Polizist sichtlich angetan war, erhielten wir dann wieder freie Fahrt. Ben ist eben auch Ugander…

Hier noch eine Bemerkung. Am allerschlimmsten sind die weiblichen Polizisten. Das sind meistens ziemlich korpulente Frauen, an denen jegliche Freundlichkeit und aller Charme abprallen. Sie sind stahlhart. Nichts kann sie erweichen.

14. Juli 2010: Ich habe den typischen Afrika-Stoff gekauft, um daraus Umhängetaschen zu nähen, die wir dann im Kindergarten-Shop verkaufen möchten. So wollen wir an etwas Geld kommen für die neu zu bauenden Toiletten im Kindergarten St. Adrian. 28 Taschen hatte ich zugeschnitten. Nun sollte es ans Nähen gehen, aber durch den ständigen, oft tagelangen Stromausfall konnte ich meine elektrische Maschine nicht benutzen. Ben gab mir den Rat, von der Berufsschule in Kitovu eine mechanische Maschine auszuleihen, damit ich daheim immer dann nähen kann, wenn ich Lust habe und nicht aus dem Haus gehen muss. Also machten wir es so. Schon der Transport war sehr abenteuerlich. Ich musste im Minibus hinten sitzen und das Monstrum festhalten, damit es nicht verrutschte. Daheim angekommen, machte ich mich auf, meine Nähutensilien zu richten. Ich war richtig gierig danach, endlich loslegen zu können. Was ich nun aufschreibe, ist es wert, für die Nachwelt erhalten zu werden, und es stimmt Wort für Wort!

Nähmaschine der Marke Gritzinger aus Karlsruhe, ca. 100 Jahre alt, an einen schönen hellen Platz gestellt, Riemen (aus gedrehter Wolle) drauf gezogen, Stuhl hergeholt und gesungen „Jetzt geht's lo-oo-oos!" Bis ich bemerkte, dass die verantwortliche Person in der Schule die Nadel gezogen hatte zum Transport, was ja eigentlich klug war, mir aber nicht half. Erster Tobsuchtsanfall meinerseits, Ben hört meine Schreie und sagt genau das, was er immer sagt: Kein Problem, wir schicken einen bodda-Fahrer zur Schule, um die Nadel zu holen. Gesagt, getan. Nadel kommt, bodda-Fahrer lacht ein strahlendes Lächeln, weil ich glücklich bin. Zweiter Schritt: Nadel eingesetzt, Faden bereit zum Einfädeln. Leider hab ich diesen Vorgang nicht geübt unter fachkundiger Anleitung und probierte alle Möglichkeiten durch, doch das Biest hat nicht genäht, der Faden ist dauernd gerissen. Ben saß mit zwei Männern bei einer Besprechung vor dem Haus. Meine Flüche und Schreie müssen derartig laut gewesen sein, dass die beiden Besucher himmelangst gekriegt haben und Ben fragten, was **sie** falsch gemacht hätten, weil **ich** so schreie. Erste Verwarnung von Ben, nicht so laut zu sein. Mit Tränen in den Augen versprochen.

Weiter probiert, andere Stellung der Nadel, andere Einfädeltechnik. Alles vergeblich. Vergessen, dass ich nicht schreien soll. Schere an die Wand geworfen, Fadenrolle hinterher. Ben kommt rein mit strengem Blick: Wenn ich mich jetzt nicht beherrsche, kriege ich mächtig Ärger, denn seine Gäste wären bereits so gut wie auf der Flucht! Ich soll endlich still sein und mich nicht aufregen, es gäbe kein Problem, außer man macht eines!

Still vor mich hin geschimpft, durch ein Gebet den heiligen Antonius bestochen, weiter probiert – juchu, jetzt klappt es! Im Eifer des Gefechts jedoch vergessen, die Nadel fest zu machen – abgebrochen. Es war unsere einzige. Natalie hört meine Hilferufe. Sie kennt eine Schneiderin, die nur zehn Minuten entfernt wohnt und geht dorthin, eine Nadel zu borgen. Sie bringt nach 40 Minuten drei davon, nur eine passt. Also, ich bin mit der Nadel umgegangen wie mit einem rohen Ei, setzte sie sehr sanft ein, spannte federleicht den Faden, trat ganz langsam mit den Fußsohlen aufs manuelle Brett – Maschine läuft!!! Die 50.000 Shillings (ca. achtzehn Euro) die ich später in einer Kirche in den Opferstock steckte, drückten meine Dankbarkeit aus.

Und so habe ich erst die 28 Taschen und dann noch Vorhänge für sechs Fenster genäht – die Maschine und ich wurden beste Freunde!

13. August 2010: Ach, wie freue ich mich! Wie bin ich glücklich! Was hat das bewirkt? Eigentlich nur einige Sätze, die mir Menschen sagten und mir dadurch das Gefühl geben, dass sie mich lieben!

Gilbert Kabalega schrieb mir eine sms mit den Worten: „Du bist der einzige Mensch, mit dem ich das Wenige, das ich habe, teilen würde!"

Anne Namuddu hielt meine Hand und meinte: „Es ist so schön, dass du da bist! Ich würde dich am liebsten jeden Tag sehen wollen!"

Theresa nahm mich in die Arme und sagte: „Danke dafür, dass du immer wieder zu uns kommst!"

Juchhu, wie freue mich! Ich bin nicht eitel, nur ausgehungert nach echter, unverfälschter Freundlichkeit.

12. September 2010: Ich habe meine Bücher sortiert und bin an einem Roman hängengeblieben, der in Südafrika spielt. Ein dort lebender Weißer riet seinem Freund, der ihn besuchen wollte, folgendes: „Komm nie nach Afrika! Du wirst jeden Besuch bereuen, weil jeder dich mehr an diesen Kontinent fesselt, bis du ihm verfallen bist!" Nachdenklich stellte ich das Buch zurück. Ich spüre Trauer, Wehmut und eine unendliche Sehnsucht in mir.

22. September 2010: Die Koffer sind gepackt. Vieles von meinen Sachen habe ich verschenkt. Gleich kommt das Auto, das mich zum Flughafen bringt. Heute Nacht um ein Uhr geht das Flugzeug nach Frankfurt. Ich verlasse Masaka mit großer Traurigkeit im Herzen, aber auch mit dem Gefühl, mich für das Richtige entschieden zu haben. Es ist besser, wenn ich wieder nach Deutschland gehe und nur noch für eine begrenzte Zeit jährlich nach Uganda komme. Das bin ich mir, meiner Gesundheit und meinen Kindern schuldig.

Ich wollte hier bleiben bis zum Ende meines Lebens und in Uganda begraben werden – nun ist es anders gekommen.

Fühle ich mich als Versagerin? War es falsch, hierher zu kommen und bleiben zu wollen? Bin ich ein Eindringling, der hier nicht hin gehört?

Nein, das kann ich mit Sicherheit sagen: Es war nicht falsch. Nur, wenn man etwas ausprobiert hat, weiß man, ob es gut oder nicht gut war. Aber es gar nicht erst zu versuchen, das ist feige.

Immer, wenn mir Bekannte in Deutschland sagten, dass ich eine mutige Frau sei, so zu leben, wie ich es tue, tat ich folgenden Ausspruch:

„Wenn die Sehnsucht größer wird als die Angst, dann wird Mut geboren".

Diese Sehnsucht zurück nach Deutschland und zu meinen Kindern spüre ich, und ich werde ihr nachgeben. Ja, es braucht auch Mut, zurückzugehen, wo doch alles anders ein sollte. Aber ich schäme mich nicht, denn ich habe es probiert.

Uganda wird immer eine Hauptrolle in meinem Leben spielen. Und ich komme zurück, das verspreche ich!

Zum guten Schluss

Ich habe tatsächlich geschafft, was ich mir vorgenommen habe: In Uganda ein Buch über Uganda zu schreiben!

Froh bin ich und stolz darauf, dass ich doch mittlerweile ziemlich viel über Land und Leute weiß.

Dieses Wissen will ich mit all denen teilen, die mich immer wieder fragen, was mich stets nach Uganda lockt. Nun habe ich mir die Zeit genommen, meine Geschichten zu erzählen und bitte darum, sich auch genügend Zeit zum Lesen zu nehmen und zum darüber nachdenken, warum ein armes Land so reich machen kann.

Ich habe mich bemüht, alles so genau wie möglich zu schildern, aber ich bin beileibe keine Uganda-Expertin. Meine Erlebnisse sind vielleicht nicht immer objektiv, aber auf jeden Fall ehrlich und wahr. Dass ich auch kritische Anmerkungen mache, muss erlaubt sein, denn nur das Schöne hier zu sehen geht nicht.

Viele meiner Geschichten sind zum Schmunzeln. Aber ich versichere, dass ich im Laufe der Jahre (besonders 2009/2010, in denen ich ununterbrochen in Masaka lebte) auch einen kleinen Fluss aus Tränen geweint habe: Tränen des Unverstandenseins, des Fremdseins, Tränen der Enttäuschung über Freundschaften, die sich nur auf der Basis des Geldes bewegten, Tränen des Verlustes und der Trauer über liebgewordene Menschen, die viel zu früh verstorben sind. Bittere Tränen über den Tod des Mannes, der hier in Uganda mein Halt, meine Stütze, mein sicherer Hafen und die wohl letzte große Liebe meines Lebens war. Auch Tränen darüber, dass in der heutigen Zeit immer noch Länder der Willkür ihrer Regierung ausgesetzt sind, die unter Demokratie und Freiheit etwas ganz anderes verstehen als ich.

Tränen über das Los der Kinder habe ich geweint und ebenso über das Leid mancher Frau, die – abgearbeitet und krank – einfach verlassen und ihrem Schicksal ausgeliefert wurde.

Tränen der Freude aber auch über schöne Gotteserfahrungen, manch liebevolle Umarmung, einen Tag mit Freunden bei Trommeln und Tanz und Tränen der Dankbarkeit über die Geburt eines kleinen Mädchens, das vor zwei Wochen geboren wurde und das hoffentlich einer friedvolleren, gerechteren Zukunft entgegen schlummert.

Ich habe keine Ahnung, was in den nächsten Jahren mit Afrika geschehen wird. Vermutlich wird es noch zu etlichen Bürgerkriegen kommen, weil die junge Generation ihr Recht auf ein gutes Leben – auch in Uganda – einfordern wird, vielleicht auch radikal. Veränderungen sind nicht immer ungefährlich, aber notwendig. Das weiß man auch hier.

Ich wünsche Uganda und seiner Bevölkerung eine bessere, eine gute Zukunft. Wer das Glück hat, in einem von der Natur so gesegneten Land zu leben, sollte nicht vor Sorge um sein Auskommen blind werden für die Schönheit, die ihn umgibt.

Ich wünsche mir persönlich, dass Gott mir die Gnade zuteil werden lässt, noch einige Zeit hierher zurückkehren zu dürfen, bevor ich mich dann irgendwann – alt und weise geworden – nur noch mit den Bildern in meinem Kopf und den Erinnerungen im Herzen befassen kann.

Ich bin dankbar, dass ich dieses Uganda kennen lernen durfte und hier Freunde und Vertraute gefunden habe. Danke für jedes freundliche „welcome", für jedes gute Wort, für jedes Lächeln, das schwarze Gesichter leuchten ließ. Ich fühle mich hier daheim.

Gleichwohl weiß ich: Selbst wenn ich die hiesige Sprache perfekt beherrschen würde, Grashoppers essen könnte und eines Morgens mit schwarzer Haut erwachte: Es gibt eine Grenze zwischen unseren Empfindungen und Gefühlen, zwischen unserem Denken und Handeln. Deshalb werde ich hier immer auch „die Fremde"sein. Akiiki eben, die Reisende, die kommt und geht, geht und kommt...

Webale nnyo, Buganda!

Danke, Uganda!

Zweiter Teil

Katonda webale!

Dank sei Gott!

Gespräche mit Gott auf einer Reise durch Uganda

Da ist ein Land der Lebenden

und ein Land der Toten.

Und die Brücke zwischen ihnen

ist die Liebe

das einzig Bleibende

der einzige Sinn

There is a land of the living

and a land of the dead.

And the brigde

is love

the only survival

the only meaning

(Thornton Wilder)

Für Araali

als Dank für seine Liebe

GOTT, du hast mich überlistet.

Auf dem Weg zum Kindergarten kam ich an der Kirche vorbei und sah, dass die Tür offen stand. Ich freue mich darüber, dass hier in Uganda die Türen der Kirchen allzeit geöffnet sind. Mit diesen Gedanken ging ich weiter, bog um die Ecke – und schlagartig setzte ein Wolkenbruch ein. Schirm hatte ich keinen, zum Unterstellen gab es nichts – also zurück zur (wartenden?) Kirchentür.

Ich setzte mich in eine Bank, hörte den Regen auf das Blechdach trommeln und dachte an den Mann, den ich liebte und der vor fünf Wochen gestorben ist.

Ich fragte DICH, warum du mir das Liebste, das ich auf Erden außerhalb der Familie hatte, genommen hast. Wir wollten uns doch bei meiner Ankunft hier auf dem Flughafen treffen. Wir wollten eine schöne Zeit zusammen verbringen. Wir wollten noch soviel …

Warum, fragte ich dich, warum nur?

Antwort bekam ich keine. Aber ein wärmendes Gefühl, das ich tief in mir spürte, gab mir Hoffnung, Mut und Zuversicht, meinen Weg ohne Araali zu gehen. Wie heilender Balsam deckte etwas die Wunde in meinem Herzen ab.

Es hatte aufgehört zu regnen, und mit einem Lächeln trat ich ins Freie, wo sich in den Pfützen die letzten Regentropfen verteilten, während sich darin schon wieder die Sonne spiegelte.

DANKE, VATER – ich habe es noch immer nicht verstanden, warum ich nun alleine durchs Leben gehen muss, aber ich begreife: DU bist bei mir, auch in dieser Zeit der Trauer. **Amen**

ICH SPÜRE DICH, MEIN GOTT,

in den Sonnenstrahlen, die meine Haut streicheln

Ich fühle dich, mein Gott,

wenn Kinderhände zaghaft mich berühren

Ich sehe dich, mein Gott,

in freundlichen Gesichtern, die mich anlächeln

Ich schmecke dich, mein Gott,

in den köstlichen Früchten,

mit denen du mich speist

Ich höre dich, mein Gott,

wenn Trommeln und Gesang

dich loben

Ich atme dich, mein Gott,

wenn Liebe mich umhüllt

wie ein wärmender Mantel

DU, überall DU,

sichtbare Spuren deiner Güte

auf meiner Reise durch Uganda

Guter Gott, es ist Abend;

und ich gebe diesen Tag, den du mir geschenkt hast, zurück in deine Hände.

Heute war es trübe und regnerisch. Die Sonne schien nur kurz.

Doch niemand hier beschwert sich über den Regen, weil er buchstäblich Segen ist.

Obwohl ein Regentag das gesamte geschäftige Leben zum Erliegen bringt, weil niemand auf den schlüpfrigen Wegen unterwegs sein kann und der Straßenverkehr ebenfalls dadurch eingeschränkt ist, ist keiner ärgerlich.

Ich hörte schon Leute, die im Regen unterwegs waren, mit lachendem Gesicht sagen: „Halleluja, God blessed us!"

So danke ich dir heute ebenfalls für den Regen und auch für meine geweinten Tränen, denn auch diese sind wichtig, um meine traurige, ausgetrocknete Seele wieder aufnahmefähig zu machen für das Geschehen ringsum.

Ich danke dir dafür, dass der Mann, um den ich weine, mich so sehr geliebt hat. Ich danke dir dafür, dass ich ihn traf und mit ihm glücklich sein durfte.

Und ich danke dir, dass er nun bei DIR ist, keine Krankheit ihn mehr plagt und er dort auf mich wartet. **Amen**

GOTT, ich sehe dich als Baum,

in dessen Schatten ich ausruhen darf,

wenn ich unruhig bin und müde;

dessen Stamm ich umarmen kann,

wann immer ich Nähe suche;

dessen Wurzeln mir Halt geben

in den Wechselzeiten meines Lebens

und dessen Blätter mir zuraunen:

„Du bist geliebt!"

JESUS, du Bräutigam aller Nonnen,

ich flehe dich an: Hilf deiner Braut Sr. Evangelista, die dich dringend braucht!

Sie ist schon alt, weit über 70 Jahre, und fiel gestern Nachmittag nach der Holy hour direkt vor der Kirche hin, auf die Hüfte, und sie hat sehr starke Schmerzen.

Erst jetzt, mehr als vierundzwanzig Stunden später, erfuhr ich davon.

Kein Arzt hat nach ihr geschaut; sie konnte nicht ins Hospital gebracht werden, weil kein Auto zur Verfügung stand. Fr. Denis, der für solche Sachen zuständige Priester, war und ist immer noch nicht zu Hause.

Diese arme Frau hat die ganze Nacht vor Schmerzen geschrien: Hast du es gehört? Konntest du sie trösten in ihrer Pein? Ich fürchte, dass ihre Hüfte gebrochen ist...

Ich habe nun auf meine Kosten ein Taxi bestellt, damit sie wenigstens in die nächste Krankenstation gebracht werden kann, wo nach ihr geschaut wird. Aber einen Arzt gibt es dort auch nicht...

Ich bitte dich, mein Jesus, um aller Schmerzen willen, die du selbst leiden musstest: Hilf Sr. Evangelista, lass es nicht zu spät sein für eine Heilung. Tröste sie in ihrem Schmerz, sei die Nacht über bei ihr. Hilf ihr, zu ertragen, was sie zu ertragen hat im Glauben und der Hoffnung auf dich.

Ich vertraue dir diese Schwester an. **Amen**

GOTT, du Rätselhafter,

heute suche ich Antwort bei dir, die ich sonst nirgends finden kann.

Täglich lässt du mich hier in Kinderaugen blicken, in denen ich das Leiden deines Sohnes sehen kann.

Wo ist das übermütige Funkeln, der Lausbubenblick? Wo sind Neugier und Übermut?

Was ich sehe, sind Armut, Not, Verlassenheit, Lieblosigkeit – und noch viel, viel mehr. Ich finde keine Zukunft in ihren braunen Augen, nur Trauer.

Darf ich dich fragen, warum du dies zulässt?

Darf ich dir sagen, dass ich es nicht verstehe?

Darf ich dich bitten, etwas zu ändern?

Fang irgendwo an; lass diese Blicke nicht selbstverständlich werden für uns, nicht alltäglich.

Herr, ändere uns!

GUTER VATER, heute will ich dir danken

für die Ruhe, die ich hier bei meinen Freunden in Busubizzi parish finde.

Ich kann mich gut erholen, kann Gespräche führen mit allen möglichen Menschen oder aber mich zurückziehen in mein Zimmer und mit dir und mir alleine sein. Diese Zeit tut mir besonders gut.

Hab Dank dafür, dass ich hier sein darf, dass ich dein Kind bin, dass du mir Vertrauen in dich schenkst.

Dies ist eine ganz große Gnade, ich weiß.

Am Ende dieses Tages bringe ich dir all jene, an denen mein Herz hängt, hier und in Deutschland.

Die Welt ist voller Grausamkeit im Moment. Tröste die von Unheil Betroffenen und lass sie trotz Kummer und Leid deine Liebe spüren.

Nimm den Mann, den ich liebe, ganz nah an deine Seite und gib ihm all die Liebe, die ich ihm nicht mehr geben kann. Deine Zuneigung ist unvergleichlich größer.

Dennoch bitte ich dich: lass mich nie leer und ohne Liebe sein.

Gib mir, damit ich geben kann. **Amen**

Mein Jesus Christkönig!

Heute ist der Tag, an dem du als König über Himmel und Erde gefeiert wirst. Das ist immer am letzten Sonntag des Kirchenjahres.

Für die Ugander ist dies ein Tag voller Freude, dich als ihren König zu ehren. Gwe *Kabakka*, der König, ist ihnen nahe, ist mitten unter den Armen.

Hier in Mityana feierten wir dieses Ereignis mit einem sogenannten Diözesantag in Kiyinda, dem Ort, an dem auch die Kathedrale steht.

In einem nicht enden wollenden Gottesdienst wurdest du verherrlicht; der Bischof selbst brach mit uns das Brot, und Frieden und Freude kehrten ein in mein Herz.

Die vielen schlechten Nachrichten aus Deutschland wegen der Terrorgefahr konnte ich vergessen, völlig angstfrei sang ich die Lieder und klatsche dazu im Takt, um meiner Freude Ausdruck zu verleihen – meiner Freude darüber, wieder in Uganda sein zu dürfen, wo meine Seele lange schon zu Hause ist.

Ich konnte das erste Mal ohne Tränen an Araali denken, weil ich ihn bei dir geborgen weiß. Er durfte mich ein Stück meines Wegs begleiten – seiner ist zu Ende. Ich gehe weiter mit ihm an meiner Seite, unsichtbar für mich, und mit deiner Liebe, mit der du, Jesus, mich umgibst. Sie ist auch nicht sichtbar, aber zu fühlen jeden Tag aufs Neue.

Du, mein Jesus, machst mich stark, gibst mir Halt, Mut und Freude an jedem Tag. Mein Herz findet Heimat in dir – **Christkönig Halleluja!**

MEIN GOTT, heute danke ich dir dafür,

dass du meine Freundin Sr. Demetria mit einem ungewöhnlich stark ausgeprägten Schlafbedürfnis gesegnet hast!

Sie arbeitet so viel, diese Nonne, die sich als Braut deines Sohnes sieht. Eine Farm baut sie gerade auf, eine große, die das ganze Mutterhaus der Congregation *Mother Mary oft he Church* versorgen soll. Das macht viel Mühe, vor allem auch deshalb, weil jeden Tag erneut die Frage sich stellt: Wo bekommen wir Geld für unsere Feldarbeiter her?

Deshalb freue ich mich darüber, dass sie in jeder Situation schlafen kann: Sei es während eines sehr langen Gottesdienstes (vereint mit anderen Schläfern), sei es auf einer der Buckelpisten in diesem Land, wenn wir mit dem Auto unterwegs sind. Kein noch so tiefes Schlagloch kann ihre Ruhe stören, auch ungeduldiges Hupen weckt sie nicht auf.

Segne sie weiterhin mit dieser Gnade des guten Schlafes und schenke ihr die Kraft, die sie braucht, um im Dienst deines Sohnes tätig zu sein!
Amen

Gegrüßt seist du, Maria!

Noch nie bin ich dir so oft begegnet

wie bei dieser Reise durch Uganda.

Immer wieder treffe ich auf Frauen,

die mich an dich erinnern:

Besorgte Mütter mit ihren Kindern,

Verlassene Ehefrauen,

aufgehend in den Sorgen für ihre Familie,

Junge Frauen, frisch verliebt, ihre Hochzeit planend,

Weinende Großmütter,

die ihr Enkelkind begraben mussten

Hungrige Frauen,

ausgezehrt und abgekämpft und müde müde müde…

Fröhliche Frauen im Nonnengewand,

nicht nachlassend in der Liebe und Treue zu deinem Sohn

Starke Frauen mit aufrechtem Gang,

sich ihrer Würde bewusst.

Maria, du unsere Mutter und Schwester,

sei bei allen Frauen Ugandas,

gehe mit ihnen auf ihrem Weg durch die Zeit

und sei du ihre Fürsprecherin bei deinem Sohn,

wenn sie dir ihre Sorgen anvertrauen.

Maria, Frau unter Frauen, Mutter unter Müttern, segne uns!

Lieber Gott,

heut Abend komm ich zum Jammern und Wehklagen!

Ich kann die Ungerechtigkeit nicht verstehen, die auf der Welt herrscht. Ja, ich weiß, die Menschen machen sie ungerecht, nicht du. Und doch frage ich mich manchmal, warum du unsere Freiheit nicht beschneidest und uns Grenzen setzt.

Warum haben wir alles im Überfluss, während andere Menschen darben? Wie viele in Deutschland oder anderswo in Europa sind schon jetzt auf der Suche nach allem möglichen Schnickschnack für Weihnachten, und die arme Sr. Evangelista liegt noch immer in einer Krankenstation mitten im Busch. Ihr Zimmer ist mehr ein Verschlag, Hühner gehen dort ein und aus, und sie hat bis jetzt noch keinen Arzt gesehen, der ihre Hüfte untersucht. Sie wird nur mit Schmerzmitteln versorgt, die aber schon nicht mehr helfen. Sie ist sicher hart im Nehmen, aber sie leidet entsetzliche Schmerzen und ist ganz grau im Gesicht vor Qual.

Morgen fahren wir sie zum Röntgen, das habe ich durchgesetzt, Das bedeutet aber auch, wieder mindestens eine Stunde Autofahrt auf ausgewaschenen, unebenen Wegen, bevor wir die Hauptstraße erreichen, von wo aus es dann nochmals eine gute Stunde nach Kampala dauert. Wir brauchen Geld für Benzin, Father Denis, der fährt, hat keins. Also wieder ich…

Gott, ich klage an die Reichen und Mächtigen, die Korrupten und Hartherzigen in diesem Land und überall auf der Erde.

Seht ihr denn nicht, wie schlecht es den euch Anvertrauten geht? Ich mache mich zum Anwalt der Armen und schwöre zu helfen, wo immer ich es vermag. Gott, um was soll ich dich bitten? Ich weiß es nicht. Deshalb nur das eine:

Lass Sr. Evangelista die Nacht gut überstehen. Amen

Barmherziger Gott, guter Vater,

wir haben nun heute Sr. Evangelista sicher ins *Lubaga-Hospital* gebracht. O wäre es doch schon früher gewesen! Du hast bestimmt ihre Schreie gehört, als man sie untersuchte, nachdem sie gut zwei Stunden in einem Zimmer saß und keiner nach ihr gesehen hat.

Ja, meine Befürchtung war richtig: Oberschenkelhalsbruch. Wir wissen, dass dies in ihrem Alter lebensbedrohlich sein kann. Sie wird jetzt auf die Operation vorbereitet.

Ich kann dich nur bitten, dass du alles gut vorbei gehen lässt. Dass du sie tröstest, bei ihr bist und die Hand des Chirurgen lenkst. Alles ist deiner Gnade, deiner Güte unterworfen.

Ich vertraue dir – alles wird gut! **Amen**

(**Anmerkung ein Jahr später**: Sr. Evangelista konnte nicht operiert warden, da das Risiko zu groß war. Deshalb kam sie in einen Streckverband und musste drei Monate völlig ruhiggestellt in einem Haus der Diözese von anderen Schwestern gepflegt werden. Trotzdem ist ihr Oberschenkel nicht richtig verheilt. Sie lebt heute in einem Altersheim ihres Ordens in Bwanda, wo sie die meiste Zeit im Bett sitzt und schwarze Schnur, an die die Wundertätige Medaille gebunden wird, in Stücke schneidet. Sie kann aber mit einem Rollator zur Messe gehen. Aus Dankbarkeit, dass ich mich damals um sie gekümmert hab, hat sie mir ein Stück schwarze Schnur geschenkt .... Darüber musste ich sehr weinen)

Herr, Gott, mein Schöpfer,

ich finde dich in der Morgenröte

zu früher Stunde.

Du zeigst mir in der Vielfalt der Farben

die Fülle deiner Kreativität:

Du lässt Pink im Blau zerfließen,

und ein Hauch von Orange am Rand des Horizonts

(mit den dunklen Farben der Nacht vereint)

lässt jedes von Menschen geschaffene Aquarell

verblassen.

Und wieder

schenkst du uns die erwachende Sonne,

die Wärme und Leben schenkt.

Wärme mich, Herr, mit deiner

nie versiegenden Liebe

Und lass dir danken für das Erleben

eines neuen Morgens.

Amen

Guter Gott.

heute durfte ich mich wohlfühlen in deiner Nähe! Die Kirche war schäbig; eigentlich nur eine große Hütte, aber vollbesetzt mit Menschen, die lange Wege auf sich genommen haben, um dich hier zu loben und zu preisen. In ihrem Kreis, eingebunden in ihre Lieder, Gebete und Tänze, konnte ich dich ganz deutlich spüren.

Du gabst mir das Gefühl des Angenommen-seins, des Geliebt-werdens.

Hat dich unser Lobpreis erfreut? Hast du unsere Gebete gehört? Wirst du sie erhören? Oder würdest du lieber in einer goldglänzenden Kathedrale residieren?

Das möchte ich nicht glauben, weil ich deine Gegenwart hier spüre. Gott, ich bitte dich mit allem, was ich habe: Lass die Menschen hier in Butengo, die unerschütterlich an dich glauben, nicht alleine in ihrer Not.

Sei bei ihnen – bei den Armen und Trostsuchenden, bei den Kindern und Kranken, bei den Sterbenden. Schenke ihnen das Wichtigste: Hoffnung. **Amen.**

Gott,

ich höre dich nicht heute. Ich kann dich auch nicht spüren.

Ich vernehme nur das verzweifelte Winseln eines kleinen Hundes in der Nachbarschaft, der wohl irgendwo viel zu kurz angebunden ist.

Niemand scheint ihn zu hören, obwohl dort Leute sprechen und lachen. Es klingt, als würde er ersticken.

Meine Ohren schmerzen von den kläglichen Tönen. Mein Herz fühlt Mitleid und will zerbrechen vor Schmerz.

Hörst du nicht dieses Schreien deiner geschundenen Kreatur?

Lässt es dich kalt, was mit deinen Geschöpfen geschieht?

Herr, du Erschaffer allen Lebens, ich bitte dich inständig: Erlöse diesen Hund von seinem Leiden. Lass es nicht länger zu, dass seine Schreie ungehört bleiben.

Du Gott der Liebe und Güte, hörst du mich?

Geliebter Jesus,

ich komme zu dir mit allem, was ich bin und was ich habe, um dich zu grüßen. Mein Herz habe ich geöffnet für dich, sodass du darin sein kannst – das tat ich schon vor langer Zeit, aber heute will ich diesen Akt wiederholen. Und nicht nur heute, sondern immer und immer wieder. Sei du der Herr über meine Gefühle, meine Gedanken, meine Ideen – über mein Leben. Ich weihe mich dir täglich aufs Neue.

Heute hatte ich einen guten Tag, für den ich dir von Herzen danke. Ich habe mich völlig frei in der Stadt bewegt, war einkaufen, auch auf dem Markt, und habe mein neues Kleid abgeholt. Das ist für die Messe mit Papst Franziskus, der am Samstag in Kampala sein wird. Jesus, hab auch Dank dafür, dass der Papst wohlbehalten in Kenia eingetroffen ist, von wo aus er uns besuchen wird.

Und ich danke dir dafür, dass es mir wirklich besser geht und ich mich wieder an vielem erfreuen kann. Ich hörte heute die Stimme von meinem geliebten Mann, die zu mir sagte: „Baby, be happy!"

Da ich weiß, dass alle Dinge von dir, du Ewiger, kommen, weiß ich auch, dass du mir diese Worte zum Geschenk gemacht hast.

Danke – immer und immer wieder danke, Herr!

Webale nyo, nyo, nyo, Yesus!

Webale webale Yesus, webale webale Yesus,

Webale webale Yesus Mutima wange. **Amina.**

Gott, Heiliger, Heilsamer, Heiler -

So möchte ich dich heute anreden, wobei mir das Wort "Heilsamer" am besten gefällt. Du machst heil, was verwundet ist. Du verbindest, was verbunden werden muss, damit es heilt.

Heute in der „holy hour" (*Anbetungsstunde*) kamen mir folgende Gedanken: Jede Wunde will heilen. Wenn man verwundet ist an der Seele, ist das genauso. Nun kann man um schnelle, oberflächliche Heilung bemüht sein, aber immer, wenn man am Schorf kratzt, blutet es aufs Neue und tut weh.

Ich hörte in meinem Kopf heute Nachmittag die Worte „Ich heile von innen". Du, Heilsamer, gabst mir diesen Satz und ich verstand: Nur von innen heraus kann etwas wirklich heilen, ohne immer wieder neu aufzubrechen. Das dauert zwar länger, ist aber wirkungsvoller. Ich begreife, dass ich gerade dabei bin, diese Heilung zu erfahren.

Ein leichter Wind wehte durch die Kirche, umschmeichelte mich und tat mir gut. Als ich jenen wohlbekannten Schauer auf meinem Rücken spürte, der mich seit Araalis Tod ab und zu begleitet, wusste ich, dass auch er mit mir ist und das oft sicher näher, als ich vermute.

Heilung findet dann statt, wenn ich sie zulasse. Ich lass dich heilen, mein Gott, ich gebe meine Seele dir hin, damit sie heil wird.

Danke dafür, dass ich verstehe.

Als ich die Augen schloss, sah ich zwei Hände, geformt wie eine Tulpe, um eine Person in der Mitte. Ich konnte nicht erkennen, wer diese Person war, aber ich will fest glauben, dass du, der Heilmachende, deine Hände um Araali hältst. Und auch ich weiß mich in ihnen geborgen und behütet. **Hab Dank, mein Gott.**

Gott, du Vater aller Menschen,

voll Dankbarkeit für diesen Tag stehe ich vor dir. Er war sehr lang, dieser besondere Tag. Schon um Mitternacht fuhren wir los, um rechtzeitig zur Messe mit Papst Franziskus in Namugongo zu sein. Ich muss dir gestehen, dass ich nicht sehr viel gebetet habe, weil es soviel zu sehen gab. Besonders natürlich ihn, unseren Heiligen Vater, oder Paapa Francis, wie hier alle sagen.

Er ist der richtige Mann am richtigen Ort. Einen guten, fähigen Stellvertreter für dich hat hier der Heilige Geist ausgesucht.

Ich mache mir etwas Sorgen um seine Gesundheit und will diese Sorge heute dir übergeben. Seine Stimme klang monoton, und machmal waren die Worte undeutlich. Das Aufstehen aus einem Sessel fiel ihm schwer, und er benötigte Hilfe dabei. Ich weiß, dass er 79 Jahre alt ist... Aber ich habe Angst, dass er ernstlich krank wird oder schon ist.

Deshalb tue ich hiermit, worum er uns bat: Ich bete für ihn. Bitte begleite ihn weiterhin in seinem schweren Amt; gib ihm die Kraft und das Feuer, das er braucht für seinen Dienst an uns.

Bewahre ihn vor Schaden und sei bei ihm an jedem Tag. **Amen**

Abba, Vater –

Hier bin ich! Heute war ich schon sehr fromm – ich hoffe, zu deinem Gefallen!

Ich war unterwegs mit Fr. Denis zu zwei seiner Außenstationen. Die erste Messe war in einer Kirche mitten auf einer großen Wiese, darum herum überhaupt nichts anderes. Aber es kamen viele Leute aus allen entlegenen Häusern, die man überhaupt nicht sah und dort vermutete. Unser Beten und Singen hat sicher dein Herz genauso erfreut wie meines.

Ich liebe diese kleinen, unscheinbaren, ja armen Kirchen, in denen du dich bestimmt wohler fühlst als in manchem Dom.

Anschließend an diese Messe fuhren wir gleich weiter nach Bekina in das Kirchlein St. Francis. Auch hier wieder intensives Erleben deiner Nähe!

Hier bekamen wir auch ein Mittagessen, das wir gleich direkt neben dem Altar einnahmen, also nochmals ein Stückchen näher bei dir.

Ich durfte das Kreuz mit dem Abbild deines Sohnes, vor dem der Hl. Franziskus einst seine Berufung erhielt, den Menschen dort übergeben. Sie haben sich gefreut – nicht nur über dieses sichtbare Zeichen, sondern auch über die Verbundenheit unter uns Menschen aus Ost, West, Nord oder Süd, die du dir wünschst und die wir so nötig haben.

Ich danke dir aus ganzem Herzen, dass du mich solch schöne Dinge und Momente erleben lässt, die wichtig sind für meine persönliche Entwicklung und ein tieferes Erleben meines Christseins.

Zuletzt bitte ich dich noch darum, den Mann, den ich liebte, fest in deinem Arm zu halten und ihm die Liebe zurück zugeben, die er für mich hatte. **Amen**

Geliebter Jesus,

gestern habe ich dich in die Kirche von Bekina gebracht, auf einem Abbild des Kreuzes, von wo aus Franziskus Antwort auf seine Frage, was er tun solle, von dir bekam. Wie oft fragt man dich, warum Dinge so sind, wie sie sind? Wie oft gibst du direkt Antwort? Und wie oft hört man diese?

Du lässt mich hier in Afrika gerade auf wundersame Weise erfahren, wie ich dir noch näher kommen kann, wie ich **hören** kann, was du mir sagst.

O nein, ich höre nicht unbedingt **eine** Stimme oder gar deine **deine,** aber oftmals liegt die Antwort schon in der Frage selbst. Oder im Inne-Halten und still werden. Wenn ich so jeden Morgen in der Kirche von Busubizzi sitze und kaum etwas verstehe von den Gebeten, habe ich mir angewöhnt, nicht um alles in der Welt ein Gebet für dich zu stammeln, sondern ich sitze mit geöffnetem Herzen da und warte. Sehr oft geschieht nichts, aber dann wieder gibt es Momente, wo mich blitzartig ein Gedanke trifft, an dem ich hängen bleibe. Es ist sehr wirkungsvoll, dann nochmals intensiver darüber nachzudenken. Oftmals ist das dann ein Impuls, der mir durch den Tag hilft.

Jesus, danke für die Kommunikation zwischen uns. Sie ist zwar manchmal etwas undeutlich wie das ugandische Telefonnetz, aber ich habe noch immer verstanden, was du mir sagen willst. **Hab Dank!**

Jesus, mein Bruder und Herr,

ich muss dir unbedingt etwas erzählen, was mich sehr glücklich gemacht hat!

Wir hatten einen Gedenkgottesdienst bei der Familie eines verstorbenen Gemeindemitgliedes. Die Messe war, wie üblich, im Freien. Verwandte und Freunde des Verstorbenen waren anwesend.

Während der ziemlich langen Predigt von Fr. Denis konnte ich eine Frau beobachten, die auf einer Treppenstufe saß. Ihr etwa vier- bis fünfjähriges Mädchen saß neben ihr, hatte aber den Kopf in den Schoß der Mutter gelegt und schlief. Die Mutter hielt lange Zeit ihre beiden Hände wie eine umgedrehte Schale über den Kopf ihres Kindes. Es war ein Bild voll Liebe, voll Hingabe, voll Schutz für etwas Kostbares. So etwas Liebliches habe ich hier noch kaum gesehen, sind doch die Mütter meist eher ziemlich grob zu ihren Kindern.

Ich muss dir schon wieder danken – dafür, dass ich diese Szene beobachten durfte und in Zukunft beim Erzählen daran denken will, dass nicht alle ugandischen Kinder in Lieblosigkeit aufwachsen. **Amen**

Lieber Gott, da bin ich!

Eben hast du es sehr gut mit uns gemeint und uns mit ausreichend Regen gesegnet. Sosehr, dass man draußen nicht laufen kann – zumindest nicht als Weiße. Es ist sehr matschig und rutschig überall, und nur, wer unbedingt muss, ist unterwegs.

Ich hab dir zu danken, aber ich hab auch zu bitten.

Gestern war ich in Kampala, um Julius zu treffen. Ich habe ihn sozusagen „adoptiert", als er zwölf war, inzwischen ist er ein Mann von 23 Jahren und gerade mit dem Studium fertig. Ich danke dir, dass du mir all die Jahre geholfen hast, zumindest einen Teil seines Schulgeldes bezahlen zu können, wenn es auch nicht immer einfach war. Aber ich glaube, er geht seinen Weg. Bitte, halt ihn an deiner Hand und lass ihn nicht alleine.

Also, ich war mit Julius zu Fuß in der Stadt unterwegs. Da sah ich einen großen, vollen Reisebus, auf dem als Zielort JUBA stand.

Du Erschaffer der Welt weißt, dass dieser Ort im Süd-Sudan liegt. Dort arbeiten viele Ugander, während Sudanesen nach Uganda und in den Kongo flüchten, weil in ihrem Land Bürgerkrieg herrscht. Erst vor zwei Wochen wurde ein solcher Bus aus Uganda von Straßenräubern überfallen. Sieben Menschen wurden getötet, viele schwer verletzt. Als ich den Bus gestern sah, habe ich ihn in Gedanken gesegnet, damit er gut an sein Ziel kommt.

Ich vertraue dir heute die Menschen überall auf der Welt an, die in ihrer Heimat nicht genug Arbeit und Sicherheit finden und deshalb ihr Glück außerhalb suchen.

Sei du bei jedem Einzelnen, schütze, behüte und begleite ihn auf seiner Reise und bring in gut an sein neues Ziel. **Amen**

Morgens

Öffne dein Herz

Lass geschehen, was geschieht

Worte – erweckt in mir

während eines Gottesdienstes

Also öffne ich

vertrauensvoll mein Herz

und lasse geschehen

was geschieht

Behütet – getragen – geliebt

Mein Jesus – Bruder, Freund, Lehrer, Begleiter

Wie gut es mir tut, in deiner Nähe zu verweilen!

Ich denke immer: Mal schauen, was heute geschieht! Dann öffne ich mein Herz, so wie du es mir gesagt hast, und manchmal erlebe ich wirklich große, wundersame Dinge, manchmal nur kleine.

Gestern in der Anbetungsstunde: War es etwas Großes, das du mir geschenkt hast? Keine Ahnung. Es war auf jeden Fall etwas sehr Schönes, das ich so schnell nicht vergessen werde.

Die Monstranz stand auf dem Altar. Du darin als Hostie in der Mitte, geschützt durch eine Abdeckung aus Glas. Nach einiger Zeit merkte ich, dass sich genau in der Mitte dieses Glases, also somit auch in der Hostie, die hintere offene Kirchentür spiegelte.

Folgende Gedanken kamen mir in den Sinn, die du jetzt sagen könntest:

- Kommt zu mir, meine Tür ist immer offen. Ihr klopft nicht vergeblich an

- Durch mich kommt ihr an diese Tür, die zum Vater führt

- Nach eurem Leben auf der Erde ist für euch die Tür zum Paradies offen

Alle dieser Gedanken gefallen mir sehr gut. Symbol bist DU und die offene Tür, die ich sah in deiner Mitte.

Ich danke dir von Herzen, dass du mir die Gnade des Sehens solcher Dinge gegeben hast. Halte meine Augen weiterhin offen, damit ich sehe, was ich sehen soll.

Danke, mein Jesus!

Unterwegs sein

Morgenfrühe.

Leichter Nieselregen über verschlammtem Weg, der nur sehr schwer begeh- und befahrbar ist.

Wir – unterwegs im Auto.

Da tauchen sie vor uns auf: Drei Gestalten – Mann, Frau, größeres Kind.

Sie schleppen einen Sack.

Fr. Denis hält an und bittet die Drei, einzusteigen.

Begrüßungsformeln werden gewechselt, dazwischen immer wieder Dank für das unverhoffte Glück des Mitgenommenwerdens.

Nach sieben Kilometern erreichen wir die Stadt.

Glücklich und dankbar steigen sie aus mit ihrem Sack voll Kochbananen.

Ich frage nach, wohin sie gehen und erfahre, dass heut hier ein großes Treffen aller „Legionäre Mariens"[1] ist. Dieses Treffen ist ihr Ziel.

Sie freuen sich auf den Tag nahe bei dir, heilige Mutter Gottes.

Und weil jeder etwas zum Essen mitbringt, haben sie den schweren Sack durch den Regen geschleppt.Wie lange braucht man im Regen für 7 km?

Ich weiß es nicht.

Aber ich weiß: zu dir ist kein Weg zu weit.

Es macht glücklich, bei dir zu verweilen, Maria.

Das habe ich heute gelernt.

---

[1] Eine weltweite Vereinigung von Marienverehrern 183

Mein Gott,

schon wieder ein Geschenk von dir für mich, dein Kind!

Dankbar nehme ich es an, erfreut darüber, deine Liebe auch auf diese Art und Weise erfahren zu dürfen.

Als ich nach der Kommunion die Augen schloss für einen Moment, sah ich im Dunkel meiner geschlossenen Lider einen roten, weinroten, Punkt, der rasch größer wurde.

Er verbreiterte sich, wurde noch größer und ich sah eine rote Blüte, die sich öffnete und zu einer Blume entwickelte.

Eine weinrote Blume, alleine für mich, von Gott, meinem Vater- muss ich nicht jubeln und unendlich glücklich sein über dieses Geschenk? Doch, ich bin es.

Du Gütiger du,

heute hatte ich schon ganz große Angst, aber du hast mich behütet und vor jeglichem Schaden bewahrt.

Ich war auf der Rückfahrt von Kampala nach Mityana in einem völlig überladenen Mini-Bus-Taxi. Der Fahrer – ein Moslem und äußerst unsympathisch – trieb sein Gefährt so schnell und undiszipliniert über die Straßen, dass mir Angst und Bange wurde. Nicht nur, dass er so schnell raste, fuhr er auch noch ohne jegliches Gefühl für das Auto und überholte an den unmöglichsten Stellen. Ein verantwortungsloser Mensch, der das Leben seiner Fahrgäste immer wieder aufs Spiel setzt!

Ich danke dir deshalb von Herzen, dass wir keinen Unfall hatten und ich heil zurück gekommen bin an den Ort, wo ich Heilung meiner Wunden fand und wo gute Freunde mich liebevoll willkommen hießen.

Segne diese Menschen für ihre Güte und Liebe. Darum bitte ich dich heute. Amen

Gott,

dies ist ein dringendes Bittgebet, ein ganz dringendes! Da du Allwissender bereits meine Bitte kennst, muss ich sie dir eigentlich garnicht sagen. Ich tue es aber doch, damit ich ganz sicher bin, dass du weißt, um was es sich handelt.

Eine Familie mit drei Kindern lebt hier in der Nähe im Busch in einem Haus, das eher ein Rohbau ist. Der Vater lebt nicht bei seiner Frau und den Kindern, die Mutter ist krank und kann nicht regelmäßig arbeiten. Sie haben keine Latrine, müssen für den Toilettengang in den Wald oder Busch gehen.

Eine Latrine zu bauen kostet nur 150 Euro. Da ich aber nicht mehr soviel Geld habe – du weißt, mein Aufenthalt hier ist bald zu Ende – habe ich meine Freunde in Deutschland angeschrieben, mir mit etwas Geld zu helfen. Ich weiß nicht, ob es klappt, wünsche mir aber so sehr, dieser Familie behilflich zu sein.

Bitte, bitte sorge du dafür, dass meine Freunde ein mildtätiges Herz zeigen, indem sie mir das nötige Geld schicken. **Amen**

Gott,

bitten und danken – danken und bitten, das wechselt sich ab in unserer Beziehung.

Ich habe zu danken, denn ein Freund hat heut Nacht schon etwas Geld überwiesen. Es reicht noch nicht, aber die Hoffnung auf mehr ist vorhanden.

Schließlich sind seit meinem Aufruf erst knapp 24 Stunden vergangen, und ich habe mehr als fünfzig Leute angeschrieben. Da ist noch alles drin…

Diese Unart, meine Ungeduld, musst du mir noch abgewöhnen, Herr, oder aber mir helfen, sie zu beherrschen…

Im Schatten deiner Flügel ist gut ruhn, Herr!

So oder so ähnlich steht es in der Bibel.

Dürfen es auch Hühnerflügel sein, mein Gott?

Warum, fragst du?

Ich sah am Straßenrand auf einem Stück Gras eine Henne mit einem einzigen, winzig kleinen Küken. Das Kleine hatte große Mühe, die Steigung zu erklimmen, um zur Mutter zu gelangen und piepste jämmerlich. Das Huhn stand oben, hatte einen Flügel ausgebreitet und lockte mit ruhiger Stimme ihr Kind zu sich, unter ihren Flügel, in Sicherheit.

Ich konnte mich so gut in dieses Küken versetzen, das keine Angst zu haben braucht, weil die Mutter da ist.

Ich bin das Küken, das kaum sichtbare, du der große, mächtige Gott.

Du wartest auf mich, lockst mich zu dir mit deiner übergroßen Liebe und Güte und ich kann zu dir kommen in die Geborgenheit deiner Flügel. Ob Adler- oder Hühnerflügel: Geborgen ist geborgen!

Mein Herr und mein Gott,

nun sahst du mich also vor dir im Staub knien! Mir blieb keine andere Möglichkeit, denn die Kirche, in der ich dich besuchte, hatte keinen Boden, nur den Erdboden, und war bedeckt von roter, feiner Erde – Sand oder Staub halt.

Ich hatte keine Mühe, mich auf die dünne Latte zu knien, die mehr als Attrappe und nicht   zur Unterstützung meiner Kniegelenke diente. Ich glaube nicht, dass du uns klein und zitternd vor dir sehen willst, hast du uns doch nach deinem Ebenbild geschaffen. Also sind wir es wert, aufrecht vor dir zu stehen. Aber ich muss sagen, dass es mir gut tat, so vor dir zu knieen, bin ich doch manchmal versucht, mich in einer Kirche flach hinzulegen und zu sagen: Herr, hier bin ich! Wie Samuel im Alten Testament...

Das im-Staub-knieen kam diesem Wunsch schon sehr nahe.

Auch für diese Erfahrung habe ich dir zu danken. Und ebenfalls danke ich dafür, dass ich dir genauso lieb bin, wenn ich stolz und mutig und aufrecht stehe, denn du gabst mir auch das Selbstbewusstsein, das ich brauche, um im Leben zu bestehen. Nochmals danke! Und vielleicht lässt du es geschehen, dass jene arme Kirche dort im Busch irgendwann einen schönen soliden Fußboden bekommt...

Guter, barmherziger Gott,

voller Wunder ist deine schöne Welt, voll von Barmherzigkeit und Liebe! Das ist nicht nur ein Wunschtraum, sondern auch Wahrheit, wenn wir bereit sind, es zu sehen.

Mein Blick schweift aus dem Fenster. Der Platz vor unserem Küchenhaus ist voller Baumstämme und -stümpfe, die fleißige Hände hierher transportierten auf abenteuerlichen Wegen und mit noch abenteuerlicheren Transportmitteln, damit uns das Feuerholz, das wir zum Kochen brauchen, nicht ausgeht.

Dazwischen rennen zwei Hühner herum – gut, es waren schon mal mehr, aber wir wollen ja auch was Gutes essen ab und zu, nicht? – gejagt von einer kleiner, schwarz-weißen Katze mit viel zu großen Ohren. Sie bleibt jedesmal stocksteif stehen, wenn ich „Miezekatze"rufe. Unsere fleißige Jane ist bereits am Kochen. Sicher denkt sie sich für mich wieder eine kleine Aufmerksamkeit aus. Das ist ihre Art, mir die Liebe zu zeigen, die sie für mich empfindet.

Es ist zwei Tage vor Heilig Abend, und die Menschen bereiten sich auf die Geburt deines Sohnes vor. Anders als wir in unserem Wohlstand: Die Kirche wird geschrubbt, der Chor übt zum -zigsten Mal seine Lieder, alle freuen sich auf die Christmette. Ich bekam heute als Weihnachtsgeschenk einen Handspiegel und habe mich sehr darüber gefreut, weil ich weiß, dass Teddy, die Schenkerin, selbst nicht viel hat.

Sie hat mir liebevoll meinen Schopf gefärbt (naja, etwas Grau schimmert noch durch!), danach mir die Haare und auch noch gleich die Ohren und das Gesicht gewaschen (den Rest des Wassers bekamen die Füße ab) – ist das nicht Liebe? Sind das nicht Begegnungen, die einen Zauber haben und Wärme in den Alltag bringen? Für jede/jeden Einzelnen, der/dem ich hier begegnet bin und noch begegnen werde, danke ich dir, Herr, und bitte dich: Segne sie alle! **Amen**

Guter Vater, mein Herr und mein Gott,

voll Dankbarkeit komme ich heute zu dir, denn es ist mir gelungen, dank meiner Freunde in Deutschland nicht nur das Geld für die Latrine zu bekommen, sondern sogar noch viel mehr, sodass ich hier dem einen oder der anderen noch eine Freude bereiten kann!

Hab unendlichen Dank für deine Hilfe, die ich immer und immer wieder spüre und erfahren darf.

Ich danke dir auch dafür, dass sich meine Trauer um Araali in eine stille, zufriedene Dankbarkeit zu verwandeln beginnt, die mir nicht mehr das Herz zerreißt, sondern die Wunden darin heilen lässt. Hilf mir dabei, ihn loszulassen, ohne ihn zu vergessen, und lass mich immer mit frohem Herzen an seine Liebe erinnern. Hab Dank, dass ich ihn getroffen habe, dass ich ihn lieben durfte und dass er so gut zu mir war. Lass uns irgendwann wieder beisammen sein in einer Zukunft, die wir uns nicht vorstellen können an einem Ort der „Ewigkeit" heißt. **Danke und Amen**

Jesus, du noch ungeborener Sohn Gottes,

der du auf dem Weg bist zu uns, du wusstest, dass in Kindern nur Gutes schlummert, das Böse kommt erst später hinzu. Sie sind reinen Herzens und „ihrer ist das Himmelreich", wie du sagst.

Ich durfte es selbst erleben dieser Tage. Ein kleines Mädchen hat sich in einer Prozession, die uns zur Kathedrale in Kiyinda-Mityana führte, an meine Seite geschlichen. Seine Kerze war erloschen und es wollte Feuer von meiner. Auch nach Betreten der Kirche blieb es bei mir, setzte sich neben mich in die Bank. Ständig beobachtete es, ob ich ja auch alles richtig mache: Im Takt klatschen, zur gegebenen Zeit hinknieen – es gab anscheinend nichts zu bemängeln an mir.

Dann kam der Opfergang. Hier in Uganda ist es üblich, mit dem Opfergeld nach vorne zu gehen. Das wusste ich, aber auch, dass ich absolut kein Geld in meiner Tasche hatte, da ich erst später zur Bank wollte. Ich versuchte gerade, Gott zu erklären, dass ich im Laufe der Wochen ja eigentlich immer reichlich gespendet hätte und heute halt mal nichts geben kann...

Eine kleine schwarze Hand stupste mich an und deutete nach vorn. Ich erklärte dem Kind in wenigen Worten, warum ich nicht mitgehen kann. Die Kleine sah mich mit großen Augen an, öffnete ihre verschwitzte rechte Hand, in der einige Münzen in ein Taschentuch gewickelt waren, und schenkte mir 100 Shilling. Dankbar trottete ich stolz hinter ihr her in der Gewissheit, noch nie so wenig und gleichzeitig soviel geopfert zu haben...

Jesus, weißt du, wieviel 100 Shilling sind? Etwa 2,5 Cent in unserer Währung...

Ich bitte dich: Lass dieses Mädchen nie ohne das nötige Geld sein, das es zum Leben braucht. Und segne es. Das ist meine Bitte für heute.
Amen

Neugeborener Jesus,

klein, zart, zerbrechlich und doch schon beladen mit all unseren Sünden, für die du an Ostern wieder dein Leben opfern wirst – ich spreche mit dir.

Gestern war Heilig Abend. Alle Menschen in meinem Umfeld waren voll Vorfreude, und auch ich fühlte Freude in mir, weil ich durch nichts abgelenkt war. Kein Einkaufsmarathon, keinerlei Planung für Besucher und reichhaltiges Essen – nur das reine Erwarten/Warten auf deine Geburt.

Um 21 Uhr begann die Christmette. Sie dauerte bis kurz nach 23 Uhr. Und während dieser ganzen Zeit war ich wie gelähmt! Ich konnte nicht singen, nicht klatschen, nicht beten – ich war regelrecht leer innerlich. Mit den Tränen kämpfend, heimwehkrank, Sehnsucht nach Araali – mehr hatte ich nicht zu bieten.

Sag mir, warum diese Leere? Ich suche einen Sinn dahinter, kann ihn aber nicht finden. So viel Schönes hast du mir hier schon geschenkt, doch ausgerechnet zur Christnacht gabst du mir nichts. Ich bin seither am Nachdenken, möchte verstehen, aber es gelingt mir nicht.

Ich wünsche mir sehr, dass ich in den nächsten Tagen begreifen lerne, warum es so war. Bitte hilf mir dabei!

Mein Jesus,

ich bin dir heute, am ersten Feiertag, wieder ein klein wenig näher gekommen!

Zur Messe war ich mit Fr. Denis in Kande, einem kleinen Dorf tief auf dem Land. Die Kirche war brechend voll, aber natürlich keine Stimmung wie sie bei uns in Deutschland ist. Doch die Freude der Menschen über deine Geburt war ansteckend.

Um dich zu grüßen und zu ehren, kamen sie in ihren schönsten Gewändern: Viele Frauen im neuen Gomez, bestickt oder mit Pailletten besetzt; die Männer im Kanzu.

Ich konnte singen und klatschen. Beim Beten war ich wieder etwas erfüllt von Liebe und Zuwendung, während ich mich gestern absolut als Außenseiterin fühlte.

Ein Gedanke: Wolltest du mich wissen lassen, dass es besser ist, Weihnachten in gewohnter Umgebung und bei meinen Kindern zu verbringen? Wenn das so wäre, will ich es beherzigen und habe verstanden. Falls es noch einen anderen Grund gibt, sag ihn mir bitte.
Amen

Dank dem Schöpfer!

Der Gipfel eines Berges, mühsam erreicht über löchrige Straße.

Eine Hochebene.

Mir zu Füßen – schier endlos im blauen Mittagsdunst -

soweit das Auge reicht, die grünen Hügel Ugandas.

Ich möchte meine Arme zu Flügeln werden lassen

und losfliegen zu der blauen Bergkette fern am Horizont…

Der Geruch von Gegrilltem hält mich zurück.

Essen und trinken mit Fremden, die schnell zu Freunden werden.

Worte in meiner Muttersprache – wie wohltuend!

Lachen, schwatzen, Atem holen beim Anblick

eines grandiosen Sonnenunterganges.

Tanzen im Schein der Sterne und des vollen runden Mondes –

Augenblicke der Ewigkeit, in denen die Zeit still steht.

Mit Araali an meiner Seite, unsichtbar, doch gut zu spüren.

Seine Arme um mich, seine Stimme flüsternd an meinem Ohr:

„Be happy, baby! Be happy!"

Und ich bin es wirklich in diesem Augenblick

I am happy.

Gott, danke für das Geschenk dieses unvergesslichen Tages!

Gott, guter Vater,

der du für die Deinen sorgst in unaufhörlicher Güte! Heute habe ich zu danken für 45 legefrische Eier und ein wunderschönes, gold-grau-geschecktes Huhn!

Diese Geschenke, die ich bekam und ans Pfarrhaus weitergebe, sind der Dank einer Familie für die Unterstützung eines ihrer Söhne vor vier Jahren, damit er die Schule abschließen konnte. Anschließend machte er auf einem Priesterseminar sein Abitur. Im kommenden August geht er nach Katikonda ins Seminar, um Theologie zu studieren. In acht Jahren wird er fertig sein und - so DU es willst - zum Priester geweiht werden.

Die Großzügigkeit der Menschen hier mir gegenüber macht mich manchmal verlegen. Ich denke, dass ich doch gar nicht viel tue und dafür so reich belohnt werde von jemandem, der viel weniger hat als ich. Das ist wie ein Wunder für mich.

So bringe ich ab und zu mit diesen guten Gaben unser Essen auf ein besseres Niveau, und das ganze Pfarrhaus einschließlich der Köchin freut sich darüber. Und ich kann etwas dazu beitragen, die Lebensunterhaltskosten zu verringern.

Danke, Vater, für jedes Huhn, jedes Ei, jeden Gruß, jedes Lächeln!

Lieber Gott,

heute sind zwei Dinge wichtig. Das erste davon ist der Todestag meines Vaters, der nun bereits 19 Jahre zurück liegt. Ich bitte dich für seine Seele, dass sie Ruhe findet in dir und dort gut aufgehoben ist.

Er war ein guter Vater, auch wenn ich oftmals Probleme mit ihm hatte. Auch er war im Krieg. Dieser hat die Männer sehr verändert. Sie waren oftmals nicht mehr sie selbst, als sie zurück kamen. Viele konnten ihre Gefühle nicht mehr äußern und zulassen. Dazu gehörte auch Papa. Er ist in meiner Erinnerung noch sehr real vorhanden. Ich bitte dich, ihm seine Fehler zu verzeihen und in so nahe bei dir zu haben, dass er deine Güte spüren kann. Danke.

Heute ist außerdem das Fest der Unschuldigen Kinder. Wir hatten hier schon eine schöne Messe, mit vielen Kindern und vor allem sechzehn Täuflingen! Massentaufe sozusagen. Gerade, als die Zeremonie beendet war, kam noch eine verspätete Mutter mit ihrem Kind. Natürlich war keiner der Priester so flexibel, sie noch „einzuschieben"

Vielleicht war es der Regen, der sie zu spät kommen ließ. Zu Hause ist bestimmt alles für die Feier vorbereitet und nun kommt sie „ungetauft" zurück.

Gott, ich vertraue dir alle heute getauften Kinder an, besonders jenes, welches deinen Segen nicht bekam Schenk ihnen allen ein gutes, friedvolles Leben und lass sie eine bessere Zukunft hier in Uganda erleben. **Amen**

Gütiger, barmherziger und geduldiger Gott,

so muss ich dich heute wohl ansprechen, weil du solange auf ein Gespräch mit mir warten musstest! Die Tage hier sind einfach zu kurz und randvoll mit Erlebnissen, über die ich noch mit dir sprechen werde. Der heutige Tag hat sich auch schon wieder in einen Abend verwandelt. Es ist bereits der dritte in diesem neuen Jahr 2016. Womit ich dir sagen will, dass die Jahreswende hinter uns liegt und zwölf neue, ungebrauchte Monate vor uns.

Lass mich dir danken dafür, dass ich mit deiner Hilfe und unter deinem Schutz dieses neue Jahr erleben darf, zumindest den Anfang bisher. Ich baue darauf, dass du mir die Chance gibst, auch die noch weißen Blätter meines Lebensbuches 2016 zu beschreiben und es voll erleben zu dürfen. Schütte aus deine Gnade über mich und alle, die mir nahestehen, besonders über meinen Sohn. Lass es uns an nichts fehlen, was wir zum Leben brauchen und geh mit uns auf unserem Weg.

Es gilt auch zu danken für das Vergangene. Ich durfte leben, war gesund und auch manchmal sehr glücklich. Bis zum 9. Oktober war meine Welt in Ordnung, dann riefst du Araali zu dir. Eine Zeit der Trauer begann für mich. Immer wieder stellte ich dieselbe Frage, die du schon Millionen mal gehört hast: Warum er? Und nach wie vor habe ich keine Antwort. Aber da ja dein Wille geschehen soll im Himmel und auf Erden, nehme ich diesen Verlust an.

Danke, Vater, für alles: Für Vergangenes und Zukünftiges, für Gutes und Schlechtes und besonders für die Zeit, in der ich immer wieder Afrika erleben darf. **Webale nnyo, Katonda!**

Liebster Jesus, du König, du Erlöser, du unser Retter!

Wie bist du so groß und machst dich doch so klein, dass du in eine Krippe passt! Und heute sogar in einer ärmlichen Hütte zu Gast warst!

Nach der heiligen Messe brachte Fr. Denis dich in Brotgestalt zu einer alten Frau, und ich durfte mit dabei sein. Welch Erlebnis, welche Tiefe, welche Bedeutung!

Es war ein altes kleines Haus, ohne jegliches Inventar. Mitten im Raum saß auf einer Matte am Boden eine sehr alte Frau, die stark zitterte. Denis kniete sich vor sie hin und reichte dich in ihren Mund. Das Strahlen in ihren Augen, die Dankbarkeit in ihren Gesichtszügen – nie werde ich diesen Augenblick vergessen!

Mit welcher Ehrfurcht wurdest du behandelt, welche Liebe war in diesem Raum – greifbar, fühlbar, ausgehend von einer Hostie, so als würde diese aufstrahlen! Ich konnte nicht anders als diese Frau in meine Arme zu nehmen und einen Moment an mich zu drücken.

Immer wieder lässt du mich hier diese große Liebe spüren, die ich in mir habe und die hinausgetragen werden will.

Jesus, ich bitte dich: Lass nicht zu, dass ich eines Tages keine Liebe mehr für meine Mitgeschöpfe habe. **Halte mit deiner Liebe meine lebendig. Amen**

Freundschaft in Gefahr

Enttäuschung – Verbitterung – Gleichgültigkeit.

Gegen diese Dinge ist auch eine langjährige Freundschaft nicht gefeit.

Ich wollte sie beenden, weil ich kein Vertrauen mehr hatte,

wollte mich befreien von ihm – flüchten und

vergessen, dass es ihn gibt.

Eine Stimme hörte ich, die mir sagte:

Gib nicht so schnell auf, er ist dir doch nicht gleichgültig.

Denke an eure gemeinsamen Träume,

denk an das Glück, das er dir vermittelte.

Gib ihm eine zweite Chance.

Ich habe sie ihm gegeben und werde darauf warten,

dass mein Vertrauen in ihn wieder wächst,

dass die Gleichgültigkeit wieder zur Wärme wird,

die uns beiden gut tut.

Manchmal merkt man erst spät, dass Freunde ein Geschenk Gottes sind.

Danke, Gott, für die Freundschaft zwischen Ben und mir.

Lass sie wachsen, auch wenn wir uns schon so viele Jahre kennen.

Hilf uns, sie noch lange zu bewahren und lass uns immer wieder erkennen, wie viel wir einander bedeuten. **Amen**

Mein Jesus, Freund und Bruder,

ich danke dir für soviele schöne Augenblicke voller Mystik und Glück!

Ist es nur meine Fantasie, die mich Dinge sehen lässt, welche ich sonst nicht beachte, oder sind es tatsächlich Wahrnehmungen mit tieferer Bedeutung? Ich kann es nicht sagen. Aber ich weiß, dass es Geschenke sind von dir, die ich dankbar annehme.

Heute, als ich von der Kommunion kam und den Mittelgang entlang ging, sah ich im Gegenlicht der hinteren offenen Kirchentür eine Gestalt, im Schatten, in ein langes weißes Gewand gehüllt. Ich kann nicht sagen, ob sie mir entgegen kam oder dem Ausgang zustrebte.

Sie schritt im Morgenlicht daher – ja, das ist der richtige Ausdruck! Dann verschwand sie – entweder aus meinem Blickfeld oder ganz – ich weiß es nicht. Aber genau so habe ich mir dich immer vorgestellt am Tag der Auferstehung …

Was immer ich sah: Danke dafür, dass es meine Sinne anregte.

Jesus im Gegenlicht eines neuen Tages – unvergesslich. Danke.

Liebe Mutter Gottes, Freundin aller Mütter,

du unsere Verbündete in der Sorge um unsere Kinder!

Du hast mir heute Peter Mubiru geschickt, einen siebzehnjährigen jungen Mann, der keine Eltern und Verwandten hat und ganz alleine in der Nähe unseres Schwestern-Konvents lebt. Er hat nur noch einen Bruder in Kampala.

Ich kannte ihn bis heute nicht, aber ich habe bereits bei meinem letzten Besuch für ihn Kosten fürs Hospital übernommen. Damals hieß es, dass ein Junge von St. Peter secondary school hohes Fieber habe und ins Krankenhaus muss. Da haben meine Freundin und ich die Kosten bezahlt, ohne ihn zu kennen. Und heute traf ich ihn leibhaftig! Mit seinem unwiderstehlichen Lächeln hat er sich in mein Herz geschlichen und wird auch darin bleiben. Hab also einen neuen Sohn...

Sein Schulgeld ist nicht sehr teuer; ich werde es bezahlen können für längere Zeit. Dann braucht er noch Schuhe und eine neue Schultasche. Auch dafür werde ich sorgen. Mein Herz ist voll Liebe zu ihm, der mich Mum nennt. Ich höre dieses Wort gerne, aber noch viel lieber wäre mir, wenn mein „echter" Sohn das Wort Mama wieder benützen würde. Du, heilige Maria, weißt, dass er jeglichen Kontakt zu mir ablehnt. Ich weiß nicht, warum das so ist. Er erklärt es mir nicht.

Manchmal habe ich Angst, ihn zu vergessen. Bitte lass das nicht zu, Maria.

Geh in sein Herz, damit es nicht verhärtet und sich an mich erinnert, damit er mich, seine Mutter, nicht vergisst und damit ich bald wieder das schönste Wort der Welt aus seinem Mund höre: Mama.

Ich bitte dich von Herzen: Bereite unsere Versöhnung vor, lass mich nicht zu lange warten. **Amen**

Dieses Gebet ist nicht von mir, sondern von Detlef Wendler.

Ich bin hier, Gott.

Ich ahne es mehr, als dass ich es weiß:

Etwas verändert sich in mir, ja, etwas scheint zu heilen.

Und deine Kraft hilft mir dabei.

Auch wenn ich es noch nicht erfassen kann:

Ich danke dir dafür von ganzem Herzen.

(Genauso habe ich meine Heilung auch empfunden)

Dies Gebet war morgens das erste und abends das letzte, was Araali sprach:

Lord, thank you for this great day. I love you and I need you to come into my heart.

Do bless me, my family, my home, my work, my friends and my special loved once. Amen

Mein Herr und mein Gott,

es ist so heiß, ich bin müde und schmutzig. Ein langer Tag liegt hinter uns. Schon früh am Morgen sind wir nach Entebbe gefahren, wo auf dem Gelände der Gogonya-sisters die jährliche Profession *(Aufnahme der Novizinnen)* stattfand.

Elf junge Frauen haben sich dazu entschlossen, ihr Leben deinem Sohn zu weihen, zu schenken, zu opfern.

Der Gottesdienst war schön, aber mit fünf Stunden Dauer eindeutig zu lang. Bestimmt haben dich auch die langen Reden am Schluss gelangweilt. Eine wichtige Regel für dieses Land wäre: Gib einem Ugander niemals ein Mikrofon in die Hand! Er nutzt die Gelegenheit zu reden schamlos aus und hört nicht mehr auf!

Das Essen war nicht gerade überragend, dazu die Hitze und die vielen Menschen – irgendwo ging da die Organisation verloren.

Gegen 16.30 Uhr fuhren wir zurück. Da ging die Party der Schwestern mit Trommeln und Tanz erst richtig los. Aber unser Heimweg dauerte ja auch noch gut zwei Stunden, sodass wir nicht länger bleiben konnten.

Wir sind gut zu Hause angekommen. Es gilt immer wieder zu danken, wenn unterwegs nichts passiert. Fr. Denis ist ein guter Fahrer.

So können wir jetzt friedlich unser Supper einnehmen und dann getrost schlafen gehen, weil du es bist, der über uns wacht und uns behütet. So sag ich jetzt statt Amen Sula bulungi *(Gute Nacht).*

Dank dir, beschützender Gott,

und allen Engeln, die du uns auf den Weg mitgegeben hast!

Heute wäre fast das passiert, wovor ich mich seit Wochen fürchte, wenn ich mit öffentlichen Verkehrsmitteln unterwegs bin: Ein Unfall!

Peter Mubiru und ich waren auf dem Weg von Masaka nach Kampala im öffentlichen Taxi. Nach der Ortschaft Lukaya tat es ein Geräusch wie von einem Schuss. Das Auto kam ins Schlingern, und es dauerte einige Zeit, bis der Wagen sicher zum Stehen kam. Was war geschehen? Wir wurden von einem anderen Taxi überholt, aber so nahe, dass es unseren rechten Außenspiegel abgerissen hat. Die Scherben trafen den Fahrer im Gesicht. Es hat sogar geblutet.

Wir waren alle sehr erschrocken über den Vorfall, und ich dachte, wie schnell doch ein Unglück geschehen kann, aus dem Moment heraus...

Doch du, mein Gott, mein Hüter, mein Bewahrer, hieltest deine Hand über unser Fahrzeug, sodass uns außer dem großen Schreck nichts geschah. Dafür speziell und für alle Fahrten überhaupt, auf denen du mich vor Unheil bewahrt hast, danke ich dir heute von ganzem Herzen. **Amen**

Guter barmherziger Gott,

Jane ist krank!

Sie hat sich schon gestern nicht wohl gefühlt. Und heute kann sie nicht aufstehen. Sie fiebert stark. Ich denke, sie hat Malaria. Fr. Denis will sie später nach Kande in die Krankenstation bringen. Vorerst versorge ich sie mit Tee und warte, bis Denis aus der Stadt zurück ist.

Nun ist Denis da. Wir haben Jane ins Auto gepackt, und ich saß hinten bei ihr und habe sie im Arm gehalten, da die Straße sehr, sehr schlecht ist mit großen Löchern, durch die man nur langsam vorwärts kommt. In der Krankenstation wurde gleich ein Test gemacht. Malaria ist bestätigt. Jane hatte große Angst vor der Blutabnahme und der Infusion, die gelegt wurde. Ich habe mich zu ihr aufs Bett gelegt und sie fest gehalten, damit sie etwas von der Angst verliert. Nun bin ich wieder daheim im Pfarrhaus und Jane ist gut versorgt. Morgen wird es ihr schon etwas besser gehen.

Ich vertraue sie dir an, mein Herr, sorge du für sie, damit sie bald wieder gesund ist und für uns sorgt mit ihrem guten Essen! Sei bei ihr und nimm ihr die Angst vor Neuem, Ungewohnten. Heile sie. **Amen**

Mein Herr und mein Gott,

heute ist Freitag, und am Sonntag werde ich zurückfliegen nach Deutschland.

Das ist ein Grund, dir von Herzen für die vergangenen zwei Monate zu danken.

Du hast mich begleitet als wachsamer Vater, als fürsorglicher Freund, als mein Gott, dem ich gehöre vom ersten Tag meines Lebens. Ich verdanke dir alles, was ich habe und was ich bin. Ich bin dein Kind. Nie habe ich das deutlicher gespürt als in letzter Zeit.

Ich bin dir so unendlich dankbar, dass ich diese Zeit hier erleben durfte mit all den großen und kleinen Problemen, die es zu lösen galt. Ich danke dir dafür, dass ich manches Gute tun konnte und ich danke dir vor allem dafür, dass ich gesund geblieben bin. Auch vor Unfällen hast du mich bewahrt, auch wenn ich oft Angst hatte im Taxi oder auf dem bodda-bodda.

Du ließt mich ein Übermaß an Liebe erleben. Ich durfte intensiv trauern, und ich durfte tanzen und lachen.

Ich sah Regen und Sonnenschein, schöne Plätze und stinkende Müllhaufen.

Ich erlebte Zeiten innigen Betens und Momente totaler innerer Erstarrung.

Du zeigtest mir die Unterschiede zwischen meinem Heimatland und Uganda sehr deutlich und du ließt geschehen, dass ich dieses Land und seine Bewohner mehr denn je liebe.

Mein Dank an dich für all das Gute, das du mir gabst, soll sein, dass ich mich noch mehr für Gerechtigkeit einsetzen werde; dass ich teile mit den Armen und tolerant zu Fremden sein will.

Bitte hilf mir dabei, guter Vater, und lass mich lange Zeit von dem zehren, was ich hier erfahren durfte.

Und wenn es dein Wille ist, lass mich zurück kehren in nicht allzu ferner Zeit in dieses Land, das mir zur Heimat wurde und zu den Menschen, die ich Freunde nenne.

Amina

Amen

Weraba, Uganda!

Auf Wiedersehn!